Der Grenzschützer von Wittenförden
Mörderischer Wahn in der DDR

AF191248

Herold zu Moschdehner

Der Grenzschützer von Wittenförden

Mörderischer Wahn in der DDR

Bibliografische Information der Deutschen Nationalbibliothek
Die Deutsche Nationalbibliothek verzeichnet diese Publikation in der Deutschen Nationalbibliografie; detaillierte bibliografische Daten sind im Internet über http://dnb.d-nb.de abrufbar.

ISBN: 978-3-7693-1187-7

Verlag: BoD · Books on Demand GmbH,
In de Tarpen 42, 22848 Norderstedt
Druck: Libri Plureos GmbH, Friedensallee 273, 22763 Hamburg

12,99 Euro

Vorwort

Dieses Buch ist den Menschen gewidmet, die für ihren Glauben, für ihre Hingabe und für ihre Ideale lebten und sich dabei selbst verloren haben. Die Geschichte von Kurt, einem Mann, der sein Leben in den Dienst der Grenze und der Ideale der DDR stellte, führt uns an die dunkelsten und kältesten Orte eines Lebens, das von Gehorsam und Pflicht geprägt ist. Sie zeigt, wie Überzeugungen, so kraftvoll sie auch sein mögen, einen Menschen gefangen nehmen können – bis nichts mehr übrig bleibt als der Dienst selbst und ein Schatten des eigenen Wesens.

Martin H. und Kati M., dieses Buch gehört euch. Es ist eine Hommage an all jene, die auf ihrem Weg mehr geopfert haben, als sie es jemals ahnten – und an die schmerzhafte Schönheit von Überzeugungen, die auch dann weiterleben, wenn die Menschen, die sie tragen, bereits zu verblassen beginnen. Mögen eure Geschichten und Erfahrungen in diesen Seiten ihren Widerhall finden und uns alle daran erinnern, wie kostbar das Gleichgewicht zwischen Pflicht und Menschlichkeit ist.

Kapitel 1: Geburt und Kindheit

Es war ein kühler Morgen im Oktober 1953, als Kurt in einem kleinen Haus am Rande von Wittenförden das Licht der Welt erblickte. Der Herbst hatte sich schon längst über das Land gelegt, und der Nebel hing wie ein stummer Wächter über den Feldern, wo die Ernte der letzten Wochen noch in geordneten Strohballen lag. Die Luft roch nach Erde und feuchtem Laub, und ein feiner Regen fiel auf das Dach des Hauses, das aus roten Ziegeln bestand und schon einige Jahre auf dem Buckel hatte. Ein Ort, einfach und ohne Luxus, aber erfüllt von dem Stolz, den seine Eltern empfanden, Teil dieses neuen Staates zu sein, der ein Leben in Gemeinschaft und Gleichheit versprach.

Kurt wurde in einer einfachen Bauernfamilie geboren. Sein Vater war ein fester Bestandteil der LPG „Roter Stern" und arbeitete hart auf den Feldern, von frühmorgens bis spätabends, ohne zu klagen. Die LPG war sein Leben, und er erzählte oft von den glorreichen Tagen, als die Kollektivierung begann und man Seite an Seite arbeitete, um eine sozialistische Zukunft aufzubauen. Diese Zukunft versprach ein Ende der Unterdrückung und eine Gesellschaft, in der jeder eine Rolle spielte – ob jung oder alt, Bauer oder Lehrer.

Schon in den ersten Jahren seines Lebens lernte Kurt das Gemeinschaftsgefühl kennen, das in der DDR herrschte. Es war mehr als ein bloßes Zusammenleben; es war eine Lebensweise, in der die Bedürfnisse des Einzelnen dem Wohl der

Gesellschaft untergeordnet wurden. Seine Eltern erzählten ihm oft, dass das Wichtigste im Leben die Fähigkeit sei, dem Staat zu dienen, denn nur so würde das große Ganze gedeihen. Diese Lehre begleitete Kurt vom ersten Moment an, und sie wurde zu einer stillen, unausgesprochenen Regel in seinem Leben.

Die ersten Jahre

In der kleinen Wohnung der Familie war Platz Mangelware, doch sie lebten bescheiden und waren dankbar für das, was sie hatten. Der Wohnraum war mit einfachen Möbeln ausgestattet – einem hölzernen Küchentisch, ein paar Stühlen, einem kleinen Kachelofen, der im Winter das ganze Haus beheizte, und einem kleinen Radio, das die Nachrichten des Tages und die Reden der Partei übertrug. Das Radio war ein kostbares Gut, und wenn es ertönte, versammelte sich die ganze Familie, um die Durchsagen und die Musik zu hören, die die Errungenschaften des Sozialismus lobte.

Für Kurt gab es nichts Schöneres als die Abende, an denen sein Vater mit ernster Miene die „Junge Welt" aufschlug, die Zeitung, die wie eine Stimme des Staates auf den Tisch fiel. Die Berichte über Fortschritte in der Landwirtschaft und die Erfolge des Sozialismus waren wie Geschichten, die eine bessere Welt versprachen, und Kurts Vater las mit fester, fast zeremonieller Stimme vor. Jeder Satz klang wie ein Versprechen, dass all die Mühen des Alltags eines Tages Früchte tragen würden.

Als Kurt laufen lernte, begann er die Gegend um das Haus zu erkunden. Überall begegnete ihm die rote Fahne, das Symbol der DDR, das an Wänden, Zäunen und Plakaten hing und den Sozialismus als das Licht der Zukunft verkündete. Es war das erste Symbol, das Kurt bewusst wahrnahm, und er verband damit eine Sicherheit, eine Beständigkeit, die sein junges Leben prägte. Die Menschen im Dorf sprachen oft von „unserem Staat" oder „unserem großen Vorbild", und Kurt hörte zu, wenn sie über den Kommunismus und das sozialistische Brudervolk in der Sowjetunion redeten. Er begriff damals nicht alles, doch er fühlte sich als Teil von etwas Großem, etwas, das über seine Familie und das Dorf hinausging.

Der erste Dorfausflug und die Wochentage

Eines seiner prägendsten Erlebnisse als Kind war ein Ausflug zum nahegelegenen Schweriner See, organisiert von der LPG. Im Sommer wurde dort ein Tag für die Genossen und ihre Familien veranstaltet, an dem alle zusammenkamen, um die Gemeinschaft zu feiern. Die Felder waren bestellt, und ein Gefühl der Ruhe breitete sich aus, während die Familien sich am Ufer des Sees niederließen. Die Sonne spiegelte sich im Wasser, und die Männer trugen stolz ihre FDJ-Hemden, während die Frauen in einfachen Kleidern und Kopftüchern den Tisch deckten.
Die Kinder, Kurt unter ihnen, liefen mit kleinen, roten Wimpeln umher, die ihnen als Zeichen der Zugehörigkeit verliehen worden waren. Sie waren

so stolz darauf, diese Symbole zu tragen, dass sie kaum wagten, sie aus den Händen zu legen. Es gab Lieder über den Sozialismus, und einige ältere Genossen sangen mit tiefer Stimme Hymnen, die von der Einheit des Volkes und der Stärke der Arbeiterklasse handelten. Für Kurt war dies ein magischer Tag, ein Tag, an dem er spürte, dass er zu einer großen Familie gehörte. Die Wochentage folgten stets einem strikten, geordneten Rhythmus, der Sicherheit und Struktur gab. Montags bis samstags gingen sein Vater und die anderen Männer auf die Felder, arbeiteten Seite an Seite mit den Traktoren, die der Staat zur Verfügung gestellt hatte. Kurt beobachtete oft, wie die riesigen Maschinen die Erde pflügten, und er verspürte eine tiefe Ehrfurcht vor der Technik und der Organisation, die der Staat möglich machte. Alles, was in der LPG passierte, stand in Verbindung mit der Partei, die das Dorf und das Leben in Wittenförden lenkte und überwachte.

Sonntags besuchte die Familie oft die Versammlungen im Dorfhaus, wo die Parteimitglieder Berichte über die Fortschritte des Sozialismus hörten und sich gegenseitig motivierten, weiterzumachen. Diese Treffen hatten etwas Feierliches, und Kurt saß immer ruhig neben seinen Eltern, lauschte den Reden der älteren Genossen und saugte jedes Wort in sich auf. Es gab Berichte über den „Klassenfeind" im Westen, den Kapitalismus, der als Bedrohung dargestellt wurde, und Kurt lernte früh, dass es Menschen gab, die gegen das standen, was ihm heilig war. Diese Erzählungen verstärkten in ihm das Gefühl, dass die DDR beschützt werden musste – dass seine Heimat ein Bollwerk gegen eine Welt war, die ihre Werte zerstören wollte.

Alltag und erste sozialistische Rituale

Im Dorf begann die Woche traditionell mit dem Fahnenappell am Montagmorgen, an dem sich alle Kinder und viele Eltern auf dem kleinen Platz versammelten, um die rote Fahne der DDR zu hissen. Es war ein feierlicher Moment, der durch das Trommeln der Jungen Pioniere begleitet wurde, und Kurt trug stolz sein blaues Pionierhalstuch, das er kurz nach dem Schulbeginn erhalten hatte. Dieser Augenblick, wenn die Fahne im Wind wehte und das ganze Dorf stillstand, erfüllte ihn mit einer Mischung aus Stolz und Ehrfurcht. Er fühlte sich wie ein Teil einer Armee des Friedens, einer Gemeinschaft, die für etwas Höheres stand.
An besonderen Feiertagen, wie dem 7. Oktober, wurden die Straßen des Dorfes mit roten und goldenen Bannern geschmückt, und es gab Märsche, bei denen Kurt zusammen mit den anderen Kindern die Parolen der Partei rief. „Für den Frieden! Für den Sozialismus! Für unser Land!" Die Worte schallten durch die Straßen, und in diesen Momenten fühlte Kurt, dass er und seine kleinen Freunde wirklich eine Armee waren – eine Armee der Zukunft, die das Erbe ihrer Eltern weitertragen würde.

Die Lehren der Eltern

Die Abende in der Familie waren einfach, aber von einer stillen Würde durchdrungen. Kurts Vater erzählte oft von der Vergangenheit, von der Zeit vor dem Krieg, in der es Hunger und Armut gegeben hatte, und wie die sozialistische Idee den Menschen eine neue Hoffnung brachte. „Wir bauen hier etwas auf, Kurt", sagte er oft. „Etwas, das größer ist als wir alle. Eines Tages wirst du stolz sein, dass du ein Teil davon warst."
Kurt lauschte mit großen Augen und begann, in seinem Herzen das Gefühl zu entwickeln, dass die DDR sein Zuhause war – nicht nur im geografischen Sinne, sondern als Teil seiner Identität, seines Wesens. Der Sozialismus war für ihn kein abstraktes Konzept, sondern das Fundament, auf dem sein Leben aufgebaut war. Er lernte von klein auf, dass die Welt in Freund und Feind aufgeteilt war, und dass die größte Bedrohung für die DDR vom Westen kam, der das Land unterwandern wollte.

Die Grundsteinlegung der Loyalität

Schon als kleiner Junge begann Kurt, seine Rolle im Staat zu begreifen und sich als Teil der Ideologie zu sehen. Er fühlte sich zugehörig, als er das rote Halstuch trug, und bei jeder Demonstration, jedem Fahnenappell und jedem Dorffest verstärkte sich seine Überzeugung, dass seine Zukunft im Dienst des Staates lag. Mit jedem neuen Jahr wurde die Saat der Loyalität in seinem Herzen tiefer eingepflanzt, und er entwickelte eine Hingabe, die bald unerschütterlich war.

In Kurts Leben war die DDR allgegenwärtig – von den Lehrern und den Fahnen über die Märsche bis hin zu den gemeinsamen Mahlzeiten, bei denen jeder Beitrag als Dienst am Sozialismus galt. Die DDR war nicht nur sein Land; sie war seine Familie, seine Identität und das Ziel seines Lebens.

Kapitel 2: Schulzeit

Als Kurt 1959 eingeschult wurde, war die DDR
bereits zehn Jahre alt, und der sozialistische Staat
hatte seine Strukturen fest in das tägliche Leben
eingebaut. Für Kurt war die Schule nicht nur ein
Ort des Lernens, sondern auch ein Zentrum der
ideologischen Erziehung und Prägung. Schon in
den ersten Tagen begriff er, dass die Schule nicht
nur Mathematik und Lesen lehrte, sondern dass
sie ihm auch beibrachte, was es hieß, ein guter
DDR-Bürger zu sein.
Die Schulgebäude in Wittenförden waren schlicht
und funktional, mit langen Fluren, deren Wände
mit Bildern von Parteihelden und sozialistischen
Symbolen geschmückt waren. Das Bild von
Walter Ulbricht, dem damaligen Vorsitzenden des
Staatsrats, hing im Eingangsbereich, neben der
DDR-Fahne und einem Plakat, das die Schüler an
ihre „Pflichten als junge Genossen" erinnerte.
Gleich am ersten Schultag erhielten die
Erstklässler ein kleines Heft, das sie als „Junge
Pioniere" willkommen hieß. Kurt betrachtete das
Heft mit leuchtenden Augen – für ihn war es der
erste Schritt in eine Welt, in der er sich als Teil
eines großen Ganzen fühlte.

Erste Ideale und das Halstuch

Die Schule begann jeden Montagmorgen mit
einem Fahnenappell auf dem Schulhof. Die
Kinder stellten sich in Reihen auf und trugen ihre
blauen Halstücher der „Jungen Pioniere",
während ein älterer Schüler die Fahne der DDR

auf den Mast zog. Die Worte des Pionierleiters, die oft über die Lautsprecheranlage hallten, prägten sich tief in Kurts kindliches Herz ein: „Für den Frieden, für den Sozialismus und für unser Vaterland!" Diese Worte begleiteten ihn wie ein tägliches Gebet, und er verspürte einen wachsenden Stolz, zur Gemeinschaft der Pioniere zu gehören.

Die Lehrer waren nicht nur Wissensvermittler; sie waren auch Vorbilder und politische Mentoren. Kurts Klassenlehrerin, Frau Hase, war eine leidenschaftliche Kommunistin, die den Kindern die sozialistischen Werte mit voller Hingabe nahebrachte. Sie sprach oft von den Errungenschaften des sozialistischen Staates und warnte vor dem „Klassenfeind" im Westen. Besonders beeindruckt war Kurt von ihren Geschichten über die Sowjetunion – das große, mächtige Bruderland, das die DDR beschützte und inspirierte. Für Kurt wurde die Sowjetunion zum Inbegriff einer glorreichen Zukunft, eines Landes, das die Ideale des Kommunismus bereits verwirklicht hatte.

Das Leben als junger Pionier

Die Mitgliedschaft bei den „Jungen Pionieren" war für Kurt mehr als nur eine schulische Aktivität. Die Pioniernachmittage und Veranstaltungen wurden zu einem festen Bestandteil seines Lebens, und er freute sich auf die regelmäßigen Treffen, bei denen die Kinder zusammenkamen, um über den Sozialismus zu sprechen und ihre Pflichten als zukünftige Bürger der DDR zu lernen.

An den Wänden des Pionierraums hingen Bilder von Heldengestalten wie Ernst Thälmann und Karl Marx, und es gab eine große, rote Fahne, die den Raum dominierte.

Kurt lernte schnell, was von ihm erwartet wurde: Gehorsam, Disziplin und die Bereitschaft, sich für das Kollektiv einzusetzen. Die Pioniere machten Ausflüge in die Natur, bei denen sie gemeinsam Lieder sangen, die vom Sozialismus und der Arbeiterschaft handelten. Kurt liebte diese Lieder – sie waren einfach und klangen in seinen Ohren wie die Verheißung einer großen Gemeinschaft. Es gab nichts Schöneres für ihn, als an einem sonnigen Nachmittag im Wald zu stehen, umgeben von seinen Kameraden, und die Lieder zu singen, die sie zu einer Einheit machten.

Eines der Lieder, das ihm besonders im Gedächtnis blieb, begann mit den Worten: „Brüder, zur Sonne, zur Freiheit!" Das Lied war ein Aufruf an die Arbeiterklasse, ein Marsch für die gerechte Sache. Kurt sang mit vollem Eifer, die Faust zur Faust geballt, und in diesen Momenten spürte er, dass er bereit war, sein Leben für die DDR zu geben. Sein Vater war stolz auf seine Hingabe und sagte oft: „Du wirst einmal ein großer Genosse, Kurt. Jemand, der dieses Land voranbringt."

Die Feinde des Sozialismus

In den Unterrichtsstunden brachte Frau Hase den Kindern nicht nur Lesen und Schreiben bei, sondern auch das Wissen um die „Gefahren des Kapitalismus". Sie sprach von den „Feinden des

Sozialismus", den Menschen im Westen, die das Land unterwandern und seine Bürger verführen wollten. Diese Feinde waren nicht nur ein abstraktes Konzept – Frau Hase machte sie in ihren Erzählungen lebendig. Sie berichtete von Spionen, die im Geheimen arbeiteten, von verführten Bürgern, die durch den Einfluss des Kapitalismus den Weg des Sozialismus verraten hatten.

Kurt lauschte diesen Geschichten mit wachsendem Interesse und einer leisen Furcht. Er malte sich die Feinde des Staates aus – Männer und Frauen, die im Dunklen lauerten, um die DDR zu zerstören. Diese Geschichten bestärkten in ihm die Überzeugung, dass er eines Tages an der Front gegen diese Feinde stehen musste. Er fühlte sich verpflichtet, die DDR zu beschützen, auch wenn er als Kind noch keine Vorstellung davon hatte, was das konkret bedeuten würde.

Wettbewerbe und sozialistische Erziehung

Die Schule veranstaltete regelmäßig Wettbewerbe, bei denen die Schüler in verschiedenen Disziplinen ihre Fähigkeiten unter Beweis stellen konnten. Es gab Wettbewerbe in der Gartenarbeit, bei denen die Kinder lernten, Gemüse und Obst anzubauen, und handwerkliche Arbeiten, die den Jungen und Mädchen den Wert von Arbeit und Selbstversorgung vermitteln sollten. Kurt war besonders stolz auf seinen ersten Erfolg im „Sozialistischen Jugendwettbewerb", einem landesweiten Wettbewerb, bei dem die besten Schüler der DDR ihre Talente zeigten.

Für Kurt war es eine Ehre, für die Schule anzutreten und seine Fähigkeiten zu beweisen. Er war fest entschlossen, in allen Dingen der Beste zu sein und seinem Land stolz zu dienen. Als er im Wettbewerb den dritten Platz in der Kategorie „Handwerk" belegte, wurde er von seiner Familie und der Schule gefeiert. Dieses Gefühl von Anerkennung und Gemeinschaft brannte sich tief in seine Erinnerung ein und verstärkte seine Überzeugung, dass der Sozialismus das Einzige war, wofür es sich zu leben lohnte.

Die Vorbereitung auf die FDJ

Als Kurt älter wurde, begann er, sich auf den Übergang in die „Freie Deutsche Jugend" (FDJ) vorzubereiten. Die FDJ war der nächste Schritt, der ihm zeigen würde, dass seine Jugend der DDR und dem Sozialismus gehörte. Die Lehrer sprachen oft von der FDJ als der Organisation, die die jungen Menschen auf ihre Rolle als zukünftige Staatsbürger vorbereitete. Kurt beobachtete die älteren Schüler, die bereits blaue Hemden trugen und den Fahnenappell der FDJ durchführten, und fühlte sich zu ihnen hingezogen.

Kurz vor seinem Übertritt in die FDJ erhielt Kurt einen feierlichen Auftrag: Er sollte eine Rede über die Bedeutung des Sozialismus für die jungen Menschen halten. Es war seine erste Rede vor Publikum, und er bereitete sich akribisch vor, lernte die Worte auswendig und übte vor dem

Spiegel, bis jeder Satz perfekt saß. Am Tag der Rede stand er auf dem Schulhof, umgeben von seinen Mitschülern und den Lehrern, und sprach mit klarer Stimme über den „unbeugsamen Kampf für den Frieden und die Gerechtigkeit". Es war ein Augenblick, in dem er sich als Teil der großen Bewegung fühlte, die die DDR und die Welt verändern würde.

Die Nähe zur Partei

Als junger Pionier und zukünftiger FDJ-ler lernte Kurt die Bedeutung der Partei immer besser kennen. Die Lehrer und seine Eltern betonten stets, dass die Sozialistische Einheitspartei Deutschlands (SED) das Herz und der Verstand des Staates war. Kurt bewunderte die Männer und Frauen, die der Partei dienten, und träumte davon, eines Tages selbst ein Mitglied zu sein. Die Wände der Schule waren mit Parolen und Bildern von Parteihelden geschmückt, und Kurt lernte die Namen und Gesichter der bedeutendsten Persönlichkeiten der DDR auswendig. Walter Ulbricht, der Vorsitzende des Staatsrats, wurde für ihn zum Idol – ein Mann, der die DDR aufgebaut und sie vor den Einflüssen des Westens geschützt hatte. Kurt stellte sich oft vor, wie es wäre, eines Tages selbst für die Partei zu arbeiten und dem Land zu dienen.

Ein sozialistischer Traum

In seiner Schulzeit wuchs Kurt heran und formte sich zu einem überzeugten und disziplinierten jungen Mann. Die sozialistischen Werte, die ihm seit seiner frühen Kindheit vermittelt worden waren, festigten sich in ihm und wurden zum Fundament seiner Identität. Er war stolz, zur DDR zu gehören, und träumte von einer Zukunft, in der er die Errungenschaften des Sozialismus verteidigen würde.

Seine Lehrer, allen voran Frau Hase, hatten ihm ein unerschütterliches Bild vom Sozialismus vermittelt – eines, in dem die DDR als Bollwerk gegen die Feinde im Westen stand und die Arbeiterklasse den Staat stützte. In Kurts Augen war die DDR mehr als nur ein Land. Sie war eine heilige Idee, die das Leben seiner Familie und seiner Freunde durchzog und ihnen Sinn und Struktur gab. Er träumte davon, eines Tages selbst eine Rolle im großen Kollektiv einzunehmen und seinen Beitrag zur Gemeinschaft zu leisten.

Jede Unterrichtsstunde, jede Pionierveranstaltung und jedes Gespräch mit seinen Eltern verstärkte in ihm den Glauben, dass sein Lebensziel darin bestand, ein vorbildlicher Bürger und ein starker Verteidiger der DDR zu sein. Er stellte sich oft vor, wie er in Uniform vor einer großen Menge sprechen und sie für den Sozialismus begeistern würde. Diese Vorstellungen wurden für ihn zu einer Quelle der Motivation und gaben ihm das Gefühl, dass sein Leben einem höheren Ziel diente.

Die Feiern zur Republikgründung

Ein Höhepunkt des Jahres war für Kurt der 7. Oktober, der Tag der Republik, an dem das ganze Dorf in Feierlaune versank und die DDR als Land und Idee gefeiert wurde. Die Vorbereitungen begannen Wochen vorher, und die Schüler wurden dazu angehalten, Gedichte auswendig zu lernen und Lieder einzuüben, die das große sozialistische Projekt lobten. Der Schulhof wurde geschmückt, rote und goldene Fahnen wurden aufgehängt, und große Banner mit Parolen wie „Der Sozialismus lebt!" und „Für Frieden und Freiheit – unsere DDR" säumten die Wände.

Am Morgen des 7. Oktober zogen die Dorfbewohner in einem Marsch durch Wittenförden. Kurt lief stolz in der ersten Reihe, sein blaues Halstuch der Jungen Pioniere fest um den Hals gebunden. Er sang die Lieder mit voller Stimme, die Faust zur Faust geballt, und ließ sich von der Begeisterung um ihn herum anstecken. Diese Momente gaben ihm das Gefühl, dass er Teil einer großen Bewegung war, eines unaufhaltsamen Fortschritts, der die Gesellschaft zum Besseren verändern würde.

In der Schule hielt Frau Hase eine Rede, die Kurts Herzen höher schlagen ließ. Sie sprach von der „sozialistischen Zukunft" und von den jungen Menschen, die eines Tages die Verantwortung für das Land tragen würden. „Ihr seid die Zukunft der DDR", sagte sie und ließ ihren Blick über die Schüler schweifen. „Eure Stärke, euer Glaube an den Sozialismus wird unser Land voranbringen. Seid stolz auf das, was ihr seid!"

Kurt fühlte sich angesprochen und motiviert. Die Worte von Frau Hase klangen wie ein Aufruf an ihn persönlich, und er schwor sich, ihr und den Werten, die sie verkörperte, treu zu bleiben. Der Tag endete mit einem feierlichen Appell und einem abschließenden Fahnenappell, bei dem die DDR-Fahne gehisst wurde, während die Schüler die Hymne sangen.

Der Weg in die Freie Deutsche Jugend (FDJ)

Mit 14 Jahren stand Kurt kurz vor dem Eintritt in die „Freie Deutsche Jugend" (FDJ), die Jugendorganisation, die die Jungen Pioniere als nächstes Kapitel im Leben eines sozialistischen Bürgers ablöste. Die FDJ war für ihn mehr als nur eine Organisation – sie war ein Symbol für die Verantwortung, die er nun als junger Erwachsener zu tragen hatte. Die FDJ versprach eine tiefere Bindung an die sozialistischen Ideale und eine ernsthaftere Verpflichtung, das Land zu schützen und zu fördern.

Seine Eltern waren stolz auf ihn, und auch die Lehrer unterstützten ihn in seinem Engagement. Der Übergang in die FDJ wurde mit einer feierlichen Zeremonie begangen, bei der er zum ersten Mal das blaue FDJ-Hemd trug, das ihn als vollwertigen FDJ-ler auswies. Kurt verspürte eine Mischung aus Stolz und Verantwortung, als er das Hemd überzog und sich in die Reihe der anderen Schüler stellte, die ebenfalls in die FDJ aufgenommen wurden.

Die FDJ brachte für Kurt neue Aufgaben mit sich. Neben den regelmäßigen Treffen, bei denen politische Themen und aktuelle Ereignisse diskutiert wurden, nahm er an Schulungen und Seminaren teil, in denen er mehr über den Marxismus-Leninismus und die Rolle der DDR in der internationalen sozialistischen Bewegung lernte. Diese Schulungen waren oft anspruchsvoll und erforderten viel Konzentration, doch Kurt war mit Begeisterung dabei. Für ihn war es wichtig, seine Überzeugungen zu vertiefen und zu verstehen, warum der Sozialismus der einzig richtige Weg war.

Besonders beeindruckend fand er die Reden, die bei den FDJ-Veranstaltungen gehalten wurden. Er hörte Geschichten von Helden der Arbeiterklasse, von Menschen, die ihr Leben dem Kampf für den Sozialismus gewidmet hatten, und er war fest entschlossen, ihrem Vorbild zu folgen. Die FDJ gab ihm das Gefühl, dass seine Ideale wichtig waren und dass er eines Tages eine bedeutende Rolle in der Gesellschaft spielen könnte.

Die Pflicht zur Wachsamkeit

Mit der Aufnahme in die FDJ ging auch eine neue Verantwortung einher: die Pflicht zur Wachsamkeit. Die Lehrer und Gruppenleiter der FDJ betonten immer wieder, dass es die Aufgabe eines jeden FDJ-lers sei, die Ideale der Partei und des Staates zu verteidigen. Sie erinnerten die Jugendlichen daran, dass der „Klassenfeind" in vielen Formen auftrat und dass es wichtig war, aufmerksam zu sein und jegliche „reaktionären Tendenzen" zu erkennen und zu melden.

Kurt nahm diese Pflicht ernst. Er verstand, dass die DDR nur dann sicher war, wenn jeder Bürger bereit war, sie gegen ihre Feinde zu verteidigen. Er entwickelte ein tiefes Misstrauen gegenüber allem, was nicht den sozialistischen Idealen entsprach, und betrachtete jeden, der Kritik am Staat äußerte, als potenziellen Verräter. Dieses Misstrauen prägte ihn zunehmend und verstärkte seine Überzeugung, dass der Sozialismus nur dann überleben konnte, wenn alle bereit waren, Opfer zu bringen und kompromisslos für die Ideale der Partei einzustehen.

In der FDJ lernte Kurt auch, dass die Wachsamkeit nicht nur eine private Aufgabe war, sondern eine, die das ganze Land betraf. Es war sein Ziel, ein Vorbild für die anderen Jugendlichen zu sein und seine Ideale kompromisslos zu leben. Diese Verantwortung, das Land vor „inneren Feinden" zu schützen, wurde zu einem Grundpfeiler seines Charakters und beeinflusste seine Entscheidungen und Handlungen in den kommenden Jahren.

Der Traum von der Volksarmee

Mit 16 Jahren entwickelte Kurt einen neuen Traum: Er wollte zur Nationalen Volksarmee (NVA) und dem Land als Soldat dienen. Die Geschichten der FDJ und die Reden seiner Lehrer hatten in ihm das Bild eines Helden geprägt – eines Mannes, der bereit war, alles zu opfern, um das sozialistische Vaterland zu verteidigen. Die

NVA erschien ihm als der ultimative Ausdruck dieses Ideals, und er war fest entschlossen, eines Tages eine Uniform zu tragen und an der Seite seiner Genossen für den Schutz der DDR zu kämpfen.

Seine Eltern unterstützten diesen Wunsch. Sein Vater, der selbst nicht bei der Armee gewesen war, ermutigte ihn, sich diesem Weg zu widmen. „Ein Soldat der DDR ist mehr als nur ein Kämpfer", sagte er stolz. „Er ist ein Verteidiger der Freiheit und der Gerechtigkeit." Kurt nahm sich diese Worte zu Herzen und begann, sich auf den Militärdienst vorzubereiten. Er trainierte körperlich, absolvierte regelmäßig sportliche Übungen und las alles, was er über die NVA in die Hände bekam.

Der Traum, zur Armee zu gehen, gab ihm eine zusätzliche Motivation. Er arbeitete hart in der Schule und gab sein Bestes, um ein vorbildlicher FDJ-ler zu sein. Für ihn gab es keinen höheren Zweck als den Schutz seines Landes, und die Vorstellung, dies eines Tages als Soldat zu tun, erfüllte ihn mit Stolz und Vorfreude.

Kapitel 3: Ausbildung zum Agrotechniker

Nach dem Abschluss der Schule im Jahr 1967 entschied sich Kurt für eine Ausbildung zum „Agrotechniker". Der Beruf war typisch für die DDR und spiegelte den besonderen sozialistischen Geist wider, der Landwirtschaft und Technik vereinen sollte, um den Produktionsfortschritt zu maximieren. Die Agrotechnik, ein innovativer Zweig der Landwirtschaft, galt als Schlüssel zur Steigerung der landwirtschaftlichen Produktivität und sollte der DDR helfen, autark zu bleiben und sich unabhängig vom kapitalistischen Ausland zu versorgen.

In Wittenförden, einem ländlichen Dorf nahe der Bezirksstadt Schwerin, gab es kaum eine bessere Wahl. Die LPG, in der Kurts Vater arbeitete, stand im Mittelpunkt des Dorflebens, und fast jede Familie war auf irgendeine Weise mit der Landwirtschaft verbunden. Kurts Vater war stolz, dass sein Sohn einen Beruf wählte, der unmittelbar mit dem Sozialismus und dem Fortschritt des Landes verbunden war. Die Ausbildung zum Agrotechniker versprach nicht nur eine solide Zukunft, sondern auch die Möglichkeit, Teil des großen Ziels der DDR zu sein: ein Land zu schaffen, das sich auf eigene Kraft stützt und die Arbeiterklasse über die Natur triumphieren lässt.

Der Beginn der Ausbildung

Kurt begann seine Ausbildung an der landwirtschaftlichen Fachschule im benachbarten Schwerin. Jeden Morgen machte er sich früh auf den Weg, fuhr mit dem Bus durch die weiten, morgendlich nebelverhangenen Felder und kam voller Eifer zur Schule. Die Gebäude waren schlicht und funktional, die Klassenzimmer spärlich möbliert und die Heizung oft unzureichend, besonders in den Wintermonaten, aber die Lehrer strahlten eine unerschütterliche Hingabe aus. Sie waren Männer und Frauen, die den sozialistischen Traum lebten und ihre Schüler für diesen Traum begeistern wollten.

Die Lehrpläne umfassten nicht nur agrarwissenschaftliche Inhalte, sondern auch die Vermittlung sozialistischer Werte. Die Schüler lernten über den Fortschritt der Landwirtschaft in der Sowjetunion, über Maschinen und Techniken, die die Arbeit auf den Feldern erleichterten und die Erträge steigerten. Eine besondere Begeisterung entwickelte Kurt für die „Plentertechnik", eine Methode, die er als Zeichen der Überlegenheit des sozialistischen Wissens betrachtete. Diese Technik war im Westen noch unbekannt, und Kurt spürte eine tiefe Zufriedenheit, dass die DDR eine Vorreiterrolle in der Landwirtschaft einnahm. Sein Ausbilder, Herr Krug, war ein überzeugter Kommunist und unterrichtete seine Schüler mit unnachgiebiger Strenge. Krug betonte immer wieder die Bedeutung von Disziplin und Hingabe.

„Ein Agrotechniker ist mehr als ein Techniker, Genossen", pflegte er zu sagen. „Er ist ein Soldat des Sozialismus, der an vorderster Front kämpft, um unser Land zu ernähren und unabhängig zu machen." Kurt nahm sich diese Worte zu Herzen und verspürte eine wachsende Begeisterung für die Rolle, die er in der Gesellschaft einnehmen sollte.

Theorie und Praxis

Die Ausbildung bestand aus theoretischem Unterricht und praktischen Einsätzen auf den Feldern. Die Theorie war anspruchsvoll und deckte alles von Pflanzenschutz bis zur maschinellen Bodenbearbeitung ab, aber Kurt stürzte sich mit Freude in jedes Thema. Besonders beeindruckte ihn der Unterricht in „Planwirtschaftlicher Kalkulation", in dem die Schüler lernten, wie der Staat die landwirtschaftliche Produktion plante und kontrollierte. Für Kurt war es faszinierend zu sehen, wie der Staat über jeden Aspekt des Lebens wachte und sicherstellte, dass die Bedürfnisse der Menschen erfüllt wurden.

Die praktischen Einsätze waren anstrengend und erforderten körperliche Kraft und Ausdauer. Kurt verbrachte viele Stunden auf den Feldern, oft bei brütender Hitze oder in eisiger Kälte. Er lernte, Traktoren zu fahren, Maschinen zu reparieren und die Erträge der Felder zu berechnen. Besonders stolz war er auf seine Fähigkeit, die neuen sowjetischen Traktoren, die auf den LPG-Feldern eingesetzt wurden, zu warten und zu bedienen.

Die Maschinen waren schwer und komplex, aber für Kurt waren sie ein Symbol der sozialistischen Macht und des Fortschritts.

Die Arbeit in der LPG war nicht nur eine Aufgabe, sondern eine Berufung, und Kurt fühlte sich wie ein Kämpfer an der Frontlinie des sozialistischen Fortschritts. Gemeinsam mit den anderen Lehrlingen bildete er ein Team, das mit jedem Tag stärker wurde. Sie arbeiteten oft bis spät in die Nacht und aßen einfache Mahlzeiten am Rand des Feldes. Das Brot schmeckte nach harter Arbeit, und die Gespräche drehten sich um ihre Rolle im Staat, die Bedrohung durch den Westen und die Notwendigkeit, die DDR zu stärken.

Die Rolle der Partei in der Ausbildung

In jeder Phase der Ausbildung spielte die Partei eine zentrale Rolle. Die Lehrer und Ausbilder betonten ständig, dass die landwirtschaftliche Produktion der DDR von der Loyalität und der Einsatzbereitschaft ihrer jungen Agrotechniker abhing. „Wir arbeiten nicht nur für heute", sagte Herr Krug oft. „Wir arbeiten für die Zukunft des Sozialismus, für die kommenden Generationen." Die jungen Lehrlinge wurden regelmäßig zu Schulungen über die „Gefahren des Kapitalismus" und die „Errungenschaften der sozialistischen Landwirtschaft" eingeladen. Dort hörten sie Vorträge von Parteifunktionären, die mit erhobener Stimme von der Überlegenheit der sozialistischen Planwirtschaft und den Gefahren des westlichen Kapitalismus sprachen. Für Kurt waren diese Schulungen wie Predigten, die ihm das Gefühl gaben, dass seine Arbeit von heiliger Bedeutung war.

In diesen Schulungen lernten sie auch, wie wichtig es war, aufmerksam und wachsam zu bleiben. Sie wurden ermahnt, auf „reaktionäre" oder „unpatriotische" Äußerungen zu achten und jeden, der Zweifel an der Partei oder der Planwirtschaft äußerte, zu melden. Kurt nahm dies sehr ernst und sah es als seine Pflicht an, die Werte des Sozialismus zu verteidigen. Er war überzeugt, dass die Partei das Wohl des Volkes im Blick hatte und dass Kritik nur von Feinden des Staates kam.

Der Alltag als Lehrling und die Gemeinschaft

Der Alltag als Lehrling war hart, aber Kurt empfand eine tiefe Zufriedenheit in seiner täglichen Routine. Jeden Morgen stand er früh auf, packte sein Mittagessen, das seine Mutter ihm vorbereitet hatte, und fuhr mit dem Bus zur Fachschule. Dort begann der Tag mit einem Appell, bei dem die Lehrer und Schüler gemeinsam die Nationalhymne sangen, ein Ritual, das Kurt mit Stolz erfüllte. Die Worte „Auferstanden aus Ruinen und der Zukunft zugewandt…" klangen ihm stets wie ein Versprechen in den Ohren, ein Versprechen auf eine bessere Welt, für die er bereit war zu kämpfen.

Die Gemeinschaft unter den Lehrlingen war eng und kameradschaftlich. Sie teilten nicht nur ihre Aufgaben, sondern auch ihre Hoffnungen und Träume. Viele von ihnen kamen aus ähnlichen

Verhältnissen wie Kurt und sahen die Ausbildung als Möglichkeit, dem Staat zu dienen und sich in der sozialistischen Gesellschaft einen Platz zu erarbeiten. Sie verbrachten ihre Pausen damit, über die Zukunft zu sprechen und sich gegenseitig zu ermutigen, hart zu arbeiten und das Beste zu geben. Abends gingen sie oft zusammen ins Dorfkino oder zu Jugendtanzabenden im „Kulturhaus", wo sie über die aktuellen Erfolge des Sozialismus diskutierten und Pläne für die Zukunft schmiedeten.

Die erste Begegnung mit Propaganda in der Praxis

In den letzten Monaten seiner Ausbildung erhielt Kurt eine besondere Aufgabe: Er sollte gemeinsam mit einer Gruppe Lehrlinge einen Vortrag über die „Erfolge der sozialistischen Landwirtschaft" im Dorf halten. Die Gruppe bereitete Plakate vor, die Statistiken über die gesteigerten Ernteerträge zeigten, und formulierte Parolen, die den Fortschritt der sozialistischen Technik und Landwirtschaft lobten. „Mehr Ertrag für das Volk!" und „Fortschritt durch Planwirtschaft!" prangten auf den Bannern, die sie selbst bemalten.
Kurt war stolz auf diese Aufgabe und spürte, dass seine Arbeit zum ersten Mal über die Grenzen der Fachschule hinausging. Die Bauern und Dorfbewohner hörten ihm aufmerksam zu, und er fühlte sich in seinem Glauben bestärkt, dass die sozialistische Landwirtschaft das Land verändern würde. Sein Vortrag war kurz, aber seine Worte

wurden von einer Begeisterung getragen, die viele der Zuhörer berührte. Ein älterer Bauer klopfte ihm anerkennend auf die Schulter und sagte: „Junger Mann, du hast Feuer im Herzen. Die Zukunft gehört euch."

Abschluss und neue Verantwortung

Am Ende seiner Ausbildung erhielt Kurt ein Zertifikat, das ihn offiziell als Agrotechniker der DDR auszeichnete. Für ihn war es mehr als nur ein Stück Papier – es war eine Bestätigung, dass er bereit war, in den Dienst des Staates zu treten und seinen Beitrag zur sozialistischen Gemeinschaft zu leisten. Die feierliche Zeremonie, die von der Partei organisiert wurde, war ein bedeutender Moment für ihn und die anderen Absolventen. Es gab Reden, in denen von der Zukunft der sozialistischen Landwirtschaft gesprochen wurde, und jede Hand, die das Zertifikat überreicht bekam, wurde als „unentbehrlich für den Fortschritt der DDR" bezeichnet.

Mit dem Abschluss seiner Ausbildung begann für Kurt eine neue Phase in seinem Leben. Er kehrte nach Wittenförden zurück und nahm eine Stelle in der örtlichen LPG an, wo er nun für die Wartung der Maschinen und die Überwachung der Ernte zuständig war. Seine Eltern waren stolz auf ihn, und sein Vater sah in ihm die Erfüllung eines Traumes – ein Sohn, der bereit war, das Land in die Zukunft zu führen.

In diesen ersten Jahren als Agrotechniker lebte Kurt in der Überzeugung, dass seine Arbeit und sein Leben einen Zweck hatten, der weit über ihn selbst hinausging. Die DDR war für ihn das Herz seines Seins, und als Agrotechniker hatte er seinen Platz im System gefunden – als ein Rädchen in der großen Maschine des Sozialismus, das zuverlässig und voller Stolz arbeitete, um das Land voranzubringen.

Kapitel 4: Zeit bei der Nationalen Volksarmee

Im Sommer 1972 wurde Kurt einberufen, um seinen Dienst bei der Nationalen Volksarmee (NVA) anzutreten. Für ihn war dies der Höhepunkt seiner bisherigen Ausbildung und ein entscheidender Schritt auf seinem Weg als überzeugter Bürger der DDR. Die Armee war mehr als nur eine Pflicht – sie war für Kurt eine Ehre und eine Möglichkeit, seinem Land auf die bestmögliche Weise zu dienen. Seit Jahren hatte er sich auf diesen Moment vorbereitet, seine körperliche Ausdauer trainiert und sich mental gestählt, um den Anforderungen gerecht zu werden.

Seine Eltern waren stolz, als sie ihn in Uniform sahen. Die Uniform mit dem Adler auf der Brust und der Koppel mit Hammer und Zirkel erfüllte Kurt mit Stolz. Er fühlte sich nun als Teil eines größeren Ganzen, als Soldat in der Armee, die die Errungenschaften des Sozialismus und das Wohl des Volkes verteidigte. Die Worte seines Vaters klangen ihm noch immer im Kopf: „Du verteidigst nicht nur ein Land, sondern eine Idee."

Kurt wurde der Mot.-Schützendivision zugeteilt, einer der größten und wichtigsten Einheiten der NVA. Er würde als Infanterist ausgebildet werden, und die kommende Zeit versprach Disziplin und harte Arbeit. Doch das war genau das, was er wollte.

Die harte Disziplin der Ausbildung

Bereits in den ersten Tagen zeigte sich, dass der Alltag bei der NVA von einer strengen Disziplin geprägt war. Die Rekruten wurden um fünf Uhr morgens geweckt und begannen den Tag mit einem strikten Drill, der ihre körperliche Ausdauer und mentale Härte testen sollte. Die Offiziere duldeten keine Schwäche und kein Zögern. Wer sich widersetzte oder langsamer als die anderen war, wurde sofort bestraft. Der Umgangston war scharf und fordernd, und Kurt wusste, dass jede Strenge der Erziehung der Soldaten diente, die eines Tages die DDR verteidigen würden.

Kurt nahm die Herausforderungen an und stellte sich den Aufgaben mit Begeisterung. Für ihn war die Disziplin kein Zwang, sondern eine Form der Selbstbestätigung. Er wollte hart und stark sein, sowohl körperlich als auch geistig, und die Anforderungen der NVA gaben ihm das Gefühl, dass er sich bewies. Die täglichen Märsche, die Schießübungen und die stundenlangen Drills prägten seinen Körper und seinen Geist. Es gab keine Zeit für Selbstmitleid oder Schwäche; alles, was zählte, war der Wille und die Fähigkeit, sich für den Staat einzusetzen.

Besonders die Schießübungen faszinierten Kurt. Die Waffe in den Händen zu halten und zu lernen, präzise zu schießen, gab ihm das Gefühl, ein Werkzeug des Staates zu sein, ein Verteidiger der sozialistischen Werte. Er trainierte unermüdlich, verbesserte seine Fähigkeiten und wurde bald einer der besten Schützen seiner Einheit. Die Ausbilder lobten ihn für seine Präzision und seine

Ruhe im Umgang mit der Waffe – zwei Eigenschaften, die ihn für den weiteren Dienst auszeichnen sollten.

Die Bedeutung der Kameradschaft

Neben der harten Disziplin lernte Kurt die Bedeutung der Kameradschaft kennen. Die Männer in seiner Einheit waren aus allen Teilen der DDR gekommen, und obwohl sie unterschiedliche Hintergründe hatten, vereinte sie die gemeinsame Überzeugung, für das Land zu kämpfen. Die Abende, die sie in den engen Kasernen verbrachten, schweißten sie als Gruppe zusammen. Sie teilten nicht nur die täglichen Strapazen, sondern auch ihre Träume und Ängste.

Kurt entwickelte enge Freundschaften, besonders zu Peter, einem jungen Mann aus dem Erzgebirge, der ebenfalls fest an die Ideale des Sozialismus glaubte. Peter und Kurt verbrachten viele Nächte damit, über die Zukunft der DDR und die Bedeutung ihres Dienstes zu sprechen. Sie waren überzeugt, dass ihre Arbeit wichtig war, um das Land vor Bedrohungen zu schützen, die von außen und innen auf den Sozialismus einwirkten. Diese Gespräche stärkten Kurts Überzeugung und ließen ihn erkennen, dass er Teil einer Bewegung war, die größer war als er selbst.

Die Kameradschaft gab ihm Halt in den schwierigsten Momenten. Wenn die Märsche besonders anstrengend waren oder die Offiziere ihre Geduld verloren, fand Kurt Trost in der Nähe und Unterstützung seiner Kameraden. Es war ein

Band, das die Soldaten der NVA verband und das Vertrauen in die Stärke ihrer Gemeinschaft festigte.

Die Feindbilder der NVA

Ein zentraler Teil der Ausbildung bestand in der Vermittlung der „ideologischen Klarheit". Die Soldaten lernten, dass sie nicht nur gegen militärische Feinde, sondern auch gegen ideologische Gegner kämpften. Die Offiziere erinnerten sie ständig daran, dass die DDR von Bedrohungen umgeben war. Der Westen wurde als kapitalistischer Feind dargestellt, dessen Ziel es war, die DDR zu unterwandern und die sozialistische Ordnung zu zerstören. Die Bundesrepublik, vor allem die westdeutsche Armee, wurde als aggressiver Nachbar beschrieben, der auf die Zerstörung des sozialistischen Systems lauerte.
Kurt verinnerlichte dieses Bild des Feindes. Er lernte, die Welt in Freund und Feind einzuteilen, in Unterstützer und Verräter. Für ihn wurde klar, dass jeder, der die DDR kritisierte oder Zweifel an der Partei äußerte, ein potenzieller Feind war. Die Gefahr, die von diesen Feinden ausging, rechtfertigte in seinen Augen alle Maßnahmen, die zur Sicherung der DDR notwendig waren. Diese Überzeugung wurde durch spezielle Schulungen gestärkt, in denen die Rekruten über die „Bedrohung des Klassenfeindes" aufgeklärt wurden. Sie sahen Filme, die die westliche Welt als Ort der Dekadenz und Unterdrückung darstellten, und hörten Vorträge, die den

Kapitalismus als System voller Ungerechtigkeiten und Ausbeutung beschrieben. Für Kurt war es beruhigend, in der DDR zu leben, wo die Werte der Gemeinschaft und Gerechtigkeit herrschten, und er empfand zunehmend Abscheu gegen alles, was den Sozialismus bedrohte.

Die Übungen an der Grenze

Ein Teil seiner Ausbildung bestand in Übungen, die an der innerdeutschen Grenze durchgeführt wurden. Hier erlebte Kurt zum ersten Mal die Realität der Grenze, die das sozialistische System von der kapitalistischen Welt trennte. Die kilometerlangen Zäune, die Wachtürme und die Minenfelder beeindruckten ihn tief. Diese Grenze war nicht nur eine physische Barriere; für Kurt war sie ein Schutzwall, der die DDR vor den Feinden von außen bewahrte.

Die Übungen waren hart und oft gefährlich. Sie lernten, wie man den Grenzbereich überwachte, wie man auf Alarmmeldungen reagierte und wie man Eindringlinge abwehrte. Kurt wurde immer mehr in die Idee hineingezogen, dass es seine Aufgabe war, die Grenze zu schützen – mit aller Härte und ohne Gnade. Die Ausbilder betonten immer wieder, dass die Grenze „heilig" sei und dass jeder, der versuchte, sie zu durchbrechen, ein Verräter war, der die Freiheit und den Frieden der DDR bedrohte.

Diese Erlebnisse an der Grenze machten Kurt klar, dass er für den Rest seines Lebens als Verteidiger des Staates dienen wollte. Die Wachtürme und Zäune symbolisierten für ihn die Entschlossenheit, den Sozialismus zu schützen, und er spürte eine unerschütterliche Pflicht, alles zu tun, um dieses System zu bewahren.

Die Beförderung und die Zukunft

Nach mehreren Monaten harter Ausbildung und hervorragenden Leistungen wurde Kurt zum Gefreiten befördert. Die Beförderung war für ihn eine große Ehre und ein Zeichen, dass seine Hingabe und sein Einsatz für den Staat anerkannt wurden. Die Zeremonie fand in einem feierlichen Rahmen statt, und Kurt empfand tiefen Stolz, als ihm die neuen Abzeichen überreicht wurden. Für ihn war dies der Beweis, dass er auf dem richtigen Weg war und dass seine Treue zum Sozialismus ihn voranbrachte.

Mit der Beförderung ging die Möglichkeit einher, spezielle Einsätze an der Grenze zu übernehmen. Er meldete sich freiwillig für die schwierigsten und riskantesten Aufgaben, fest entschlossen, sich als würdiger Soldat zu beweisen. Kurt war bereit, alles zu tun, was nötig war, um die DDR zu schützen, und er sah es als seine Pflicht an, dem Staat zu dienen, selbst wenn es sein eigenes Leben kostete.

Der Abschied von der Armee

Am Ende seines Dienstes bei der NVA empfand Kurt eine Mischung aus Stolz und Wehmut. Die Armee hatte ihn geformt, ihm Disziplin und Stärke verliehen und ihn zu einem Mann gemacht, der bereit war, die DDR zu verteidigen. Doch er

wusste, dass dies nicht das Ende seines Weges
war. Die Offiziere, die er bewunderte, ermutigten
ihn, seinen Weg in einem weiteren Dienst für den
Staat fortzusetzen.

Als er seine Kameraden verabschiedete,
versprach er sich selbst, dass er ihre Ideale nie
vergessen würde. Die Erfahrungen bei der NVA,
die Härte der Ausbildung und die Kameradschaft
hatten ihn geprägt und zu einem überzeugten
Soldaten des Sozialismus gemacht. Kurt war
entschlossen, das Gelernte zu nutzen und
weiterhin ein Bollwerk gegen die Feinde der DDR
zu sein.

Er kehrte nach Wittenförden zurück, doch sein
Herz brannte noch immer für den Dienst an der
Grenze. In den kommenden Monaten würde er
sich der Volkspolizei und später dem Grenzschutz
anschließen – ein Schritt, der ihn an die vorderste
Front des sozialistischen Schutzwalls brachte.

Kapitel 5: Erste Liebe und Verlust

Nach seiner Zeit bei der Nationalen Volksarmee kehrte Kurt als ein anderer Mensch nach Wittenförden zurück. Er hatte nicht nur eine tiefere Überzeugung für den Sozialismus entwickelt, sondern auch eine neue, fast unerschütterliche Disziplin und Härte. Doch trotz all der ideologischen Stärkung fühlte er eine gewisse Leere in sich, die er nicht zu füllen wusste. Es war das Gefühl, dass sein Leben, obwohl es voller Zweck und Pflicht war, etwas Persönliches vermisste.

Dann lernte er Eva kennen, eine junge Frau, die in der Stadtbibliothek in Schwerin arbeitete. Eva war anders als die Frauen, die Kurt bislang gekannt hatte. Sie hatte eine zarte Art, ein sanftes Lächeln und eine Neugier für die Welt, die ihn faszinierte. Sie war ruhig und zurückhaltend, und in ihrer Nähe fühlte Kurt sich zum ersten Mal seit langer Zeit menschlich und verletzlich. Ihre Augen hatten etwas Melancholisches, das ihn anziehend und doch geheimnisvoll erschien.

Eva und Kurt kamen sich langsam näher. Ihre Gespräche drehten sich anfangs um alltägliche Themen – die Arbeit, das Wetter, Bücher, die sie interessierten. Doch bald entdeckte Kurt, dass Eva eine gewisse Skepsis gegenüber dem Staat und dem Sozialismus hegte. Sie sprach nie offen darüber, doch in ihren Bemerkungen und ihrer Art war ein Hauch von Zweifel spürbar. Kurt versuchte, diese Zweifel zu übersehen, überzeugt, dass er sie durch seine Überzeugung und seinen Glauben an die DDR irgendwann von der

Richtigkeit des sozialistischen Weges überzeugen könnte.

Die aufblühende Liebe

Trotz ihrer Unterschiede entwickelte sich zwischen Eva und Kurt eine zarte Liebe. Die gemeinsamen Spaziergänge durch die Altstadt von Schwerin und die stillen Abende, an denen sie bei Kerzenschein zusammensaßen, waren für Kurt eine neue und wunderbare Erfahrung. Zum ersten Mal spürte er, dass sein Leben mehr war als nur Pflicht und Disziplin – es gab auch Raum für Zärtlichkeit und Nähe. Eva brachte eine Leichtigkeit in sein Leben, die ihn anfangs verunsicherte, aber bald süchtig machte. Er fühlte, dass diese Liebe ihm etwas gab, das ihm bislang gefehlt hatte.

In den Momenten mit Eva begann er, seine Ideale und seine Strenge ein wenig zu lockern. Er sprach mit ihr über seine Träume und über die Erlebnisse bei der Armee. Doch während er die Kameradschaft und den Stolz, den er bei der NVA erlebt hatte, beschrieb, bemerkte er, dass Eva oft abwesend wirkte. Ihr Gesichtsausdruck zeigte ein Zögern, das ihn verwirrte und zugleich beunruhigte.

Eines Abends, als sie auf einer Bank am Ufer des Schweriner Sees saßen und die Dämmerung über das Wasser fiel, sprach sie ihn leise auf ihre Zweifel an. Sie sagte, dass sie den Sozialismus zwar unterstütze, aber manchmal das Gefühl habe, dass die Freiheit des Einzelnen in der DDR zu kurz käme. „Ich weiß, dass das Land viel Gutes tut,

Kurt," sagte sie vorsichtig, „aber manchmal frage ich mich, ob wir nicht auch ein wenig Raum für das Individuelle lassen sollten."

Diese Worte trafen Kurt wie ein Schlag. Zum ersten Mal sah er in ihr etwas, das er nur bei den „Feinden des Staates" vermutet hatte – Zweifel, die aus seiner Sicht gefährlich und fehl am Platz waren. Er war erschüttert, dass die Frau, die er liebte, diese Ansichten hegte. Er verspürte eine innere Zerrissenheit zwischen seiner Liebe zu Eva und seiner Pflicht als treuer Bürger der DDR.

Der Bruch

Mit jedem Treffen wurde die Spannung zwischen ihnen spürbarer. Kurt begann, auf Evas Worte und Handlungen argwöhnischer zu achten, als wolle er die Wurzel ihrer Zweifel verstehen und beseitigen. Er sprach oft über die Errungenschaften des Sozialismus und den Schutz, den die DDR ihren Bürgern bot, in der Hoffnung, ihre Gedanken zu ändern. Doch Eva lächelte nur sanft und sagte wenig dazu. Sie wich seinen Versuchen, sie zu überzeugen, geschickt aus, was ihn nur noch misstrauischer machte.

Eines Abends, als sie ihm gestand, dass sie von einer Reise nach West-Berlin träumte, wurde Kurt endgültig von innerer Unruhe ergriffen. West-Berlin, der Westen, das Land, das die DDR als Bedrohung ansah – er konnte nicht verstehen, wie sie solch einen Wunsch äußern konnte. Für ihn war dies ein Verrat an allem, wofür die DDR stand. Er versuchte, ruhig zu bleiben, doch seine Stimme zitterte vor Ärger und Enttäuschung.

„Du weißt, was das für uns bedeutet," sagte er scharf. „Wenn du über die Mauer gehst, bist du nicht mehr Teil unseres Volkes. Du bist… einer von ihnen."

Evas Gesichtsausdruck veränderte sich, und sie sah ihn lange an, bevor sie leise antwortete: „Ich will niemanden verraten, Kurt. Ich will nur verstehen, was es dort gibt, was uns vielleicht fehlt."

Dieser Satz brannte sich in Kurts Gedächtnis ein. Von da an fühlte er eine Kluft zwischen ihnen, die immer größer wurde. Er begann, sich zurückzuziehen, und die Gespräche wurden kürzer und abgehackter. Sie trafen sich zwar noch, doch Kurt spürte, dass ihre Beziehung etwas verloren hatte, das er nicht zurückholen konnte.

Der tragische Abschied

Einige Wochen später erfuhr Kurt durch einen gemeinsamen Bekannten, dass Eva sich das Leben genommen hatte. Sie war in ihrer Wohnung in Schwerin gefunden worden, mit einem Abschiedsbrief, der nur ein paar Zeilen enthielt. Die Nachricht traf Kurt wie ein Hammerschlag. Er konnte nicht fassen, dass die Frau, die ihm so viel bedeutet hatte, nun fort war – und dass sie so gestorben war, wie sie gelebt hatte: leise, ohne großes Aufsehen.

In seinem Abschiedsbrief schrieb Eva von ihrer inneren Zerrissenheit, von ihrer Sehnsucht nach Freiheit und von der Einsamkeit, die sie in ihrem Herzen gespürt hatte. Sie schrieb, dass sie Kurt geliebt habe, aber dass sie in einem Land lebte, das ihr keine Luft zum Atmen ließ. Kurt las die Zeilen immer wieder, unfähig, die Worte zu verstehen. Für ihn waren dies die Worte einer Person, die den Staat und den Sozialismus verraten hatte, und doch verspürte er eine tiefe Trauer, die ihn nicht losließ.

In den Tagen nach Evas Tod verfiel Kurt in eine Stille, die seine Familie und Freunde verstörte. Er sprach kaum, vermied es, über Eva oder ihre Zweifel zu reden, und schloss sich emotional ab. Innerlich verarbeitete er den Verlust auf seine Weise: Er begann, Eva als eine Person zu sehen, die vom Klassenfeind verführt und verführt worden war, eine „Schwache", die nicht die Stärke besaß, die Werte der DDR anzunehmen. Dieser Gedanke half ihm, die Schuldgefühle zu begraben, die ihn quälten, und die Trauer zu überwinden, die ihn beinahe gebrochen hätte.

Die Rückkehr zur Pflicht

Nach Evas Tod stürzte sich Kurt mit noch größerem Eifer in seine Arbeit. Er meldete sich freiwillig für Sonderdienste und Aufgaben, die andere Kollegen mieden. Die Arbeit half ihm, seine Gedanken von der Vergangenheit und dem Verlust abzulenken, und gab ihm das Gefühl, wieder Kontrolle über sein Leben zu haben. Die Ideale des Sozialismus wurden für ihn zu einem Schild, hinter dem er sich versteckte, und die Pflichten, die ihm der Staat auferlegte, gaben ihm eine neue Richtung.

Sein Vater bemerkte die Veränderung in ihm und sagte eines Abends: „Manchmal braucht es solche Prüfungen, Kurt. Vielleicht war sie nicht stark genug für ein Leben hier." Kurt nickte nur stumm und fasste den Entschluss, von nun an jegliche Schwäche zu vermeiden und seinen Fokus ausschließlich auf den Dienst am Staat zu richten. Er versprach sich, nie wieder so von persönlichen Gefühlen beeinflusst zu werden, sondern nur noch für das Ideal und die Gemeinschaft zu leben.

Mit jedem Tag, der verging, wurde die Erinnerung an Eva zu einem Schatten, der ihn nur nachts heimsuchte, wenn er allein war. Während seiner Arbeit dachte er nicht an sie und hielt sich an den Leitsatz, dass nur der Sozialismus wahre Sicherheit und Stärke bot. Von nun an war sein Leben dem Schutz der DDR gewidmet, und er verspürte den Drang, sich in eine Position zu begeben, in der er diesen Schutz aktiv umsetzen konnte.

Die Entscheidung, Grenzschützer zu werden

Nach einer Weile, als sich die Gelegenheit bot, entschied Kurt sich, Grenzschützer zu werden. Die Grenze war der Ort, an dem die DDR am verwundbarsten war und wo Verrat und Flucht in die Tat umgesetzt wurden. Kurt sah es als seine persönliche Mission an, die DDR gegen diese Bedrohungen zu schützen. Er wollte verhindern, dass Menschen wie Eva ihre Zweifel und Schwäche in Taten umsetzten, die die Sicherheit des Staates gefährdeten.

Mit festem Entschluss trat Kurt dem Grenzschutz bei, überzeugt, dass er an der Grenze das Beste für sein Land tun würde. In seinem Herzen hatte er Eva verloren, aber er hatte die DDR, und das war der Wert, für den er von nun an leben würde.

Kapitel 6: Die Entscheidung zum Grenzschutz und eine Vernunftehe

Die Entscheidung, als Grenzschützer an der innerdeutschen Grenze zu dienen, war für Kurt nicht nur eine berufliche Wahl, sondern ein Schwur, die Werte der DDR aktiv zu verteidigen. Der Dienst an der Grenze versprach, alles zu vereinen, was ihm wichtig war: Disziplin, Gehorsam und die Möglichkeit, den Sozialismus zu schützen. Für Kurt war die Grenze mehr als nur eine Linie auf der Landkarte – sie war der sichtbare Ausdruck dessen, was die DDR ausmachte, eine Barriere, die die Errungenschaften des sozialistischen Staates vor den Einflüssen des Westens und dem Klassenfeind schützte.

Kurz nachdem er die Stelle als Grenzschützer antrat, beschloss Kurt, sein Leben in geordnete Bahnen zu lenken und eine Frau zu heiraten. Die Wahl fiel auf eine junge Frau namens Birgit, die er durch gemeinsame Bekannte in Wittenförden kennengelernt hatte. Birgit war pragmatisch und bodenständig, eine Frau, die wenig Fragen stellte und ohne Zögern die Ideale der DDR unterstützte. Sie war nicht wie Eva – Birgit zeigte keine Neugier auf den Westen, keine Sehnsucht nach Freiheit oder Individualität. Stattdessen war sie loyal und unerschütterlich, eine Frau, die die einfachen Freuden des Lebens in der DDR schätzte und keine anderen Wünsche hegte.

Für Kurt war dies die perfekte Wahl. Birgit versprach Stabilität, keine großen Emotionen oder Unsicherheiten. Ihre Beziehung war von

Anfang an nüchtern und sachlich – sie redeten wenig über persönliche Dinge, doch über den Staat und ihre jeweiligen Aufgaben konnten sie endlos diskutieren. Die Heirat fand in kleinem Rahmen statt, ohne viel Aufhebens oder Gefühlsduselei. Für beide war die Ehe eher eine Übereinkunft als ein romantisches Bündnis. Kurt hatte das Gefühl, eine solide Basis zu haben, die ihm den Rücken freihielt und ihn in seinem Dienst am Staat unterstützte.

Der Alltag als Grenzschützer

Die Arbeit an der Grenze unterschied sich stark von Kurts bisherigen Aufgaben. Hier gab es keine Routine, keinen festgelegten Ablauf – jeder Tag brachte neue Herausforderungen, und jeder Moment war von einer Spannung geprägt, die Kurt zugleich forderte und erfüllte. Die Grenzanlagen bestanden aus hohen Zäunen, Wachtürmen und kilometerlangen Streifen, die sorgfältig überwacht wurden. Kurt gehörte zu einer Einheit, die für die regelmäßige Patrouille und die Überwachung der Todesstreifen verantwortlich war.

Der erste Tag im Grenzdienst war für Kurt ein einschneidendes Erlebnis. Als er zum ersten Mal auf einem der Wachtürme stand und auf das Niemandsland zwischen der DDR und der Bundesrepublik blickte, fühlte er sich wie ein Wächter über eine unsichtbare Barriere. Der Blick in die Ferne erfüllte ihn mit einer Mischung aus Stolz und Entschlossenheit. Er war überzeugt, dass diese Grenze das wichtigste Bollwerk gegen die westliche Bedrohung war und dass seine Aufgabe essenziell für die Sicherheit der DDR war. Besonders die Minenfelder und Selbstschussanlagen, die entlang der Grenze verteilt waren, beeindruckten ihn tief. Sie waren die physische Verkörperung dessen, was er als notwendige Härte empfand. Für Kurt waren diese Maßnahmen nicht grausam oder unmenschlich – sie waren einfach notwendig, um den Sozialismus zu schützen. Er betrachtete sie mit einer beinahe technischen Faszination und war sich sicher, dass jede Maßnahme, die Menschen vom Übertreten der Grenze abhielt, gerechtfertigt war.

Die erste Begegnung mit einem Flüchtigen

Ein paar Monate nach seinem Dienstantritt ereignete sich der erste Vorfall, der Kurts Glauben an die Bedeutung seiner Aufgabe auf eine harte Probe stellte. Eines Nachts, während einer Patrouille, entdeckte Kurt eine Bewegung im Todesstreifen. Ein junger Mann, vielleicht Anfang zwanzig, versuchte, über die Grenze zu fliehen. Kurt und sein Partner, ein erfahrener Grenzschützer namens Harald, reagierten sofort und näherten sich vorsichtig dem Eindringling. Der Mann schien die Gefahr der Minen nicht zu kennen und bewegte sich hastig und unkoordiniert.

Kurt spürte das Adrenalin in seinem Körper, sein Herz schlug schneller, als er sich auf den Flüchtigen zubewegte. In seinem Kopf hallten die Worte seiner Ausbilder wider: „Wer die Grenze übertritt, ist ein Verräter. Wer die DDR verlässt, verrät sein Volk." Ohne Zögern zielte er mit seiner Waffe auf den Mann und rief ihm zu, stehen zu bleiben. Doch der Flüchtling schien ihn nicht zu hören und setzte seinen Weg fort.

Ohne einen weiteren Befehl abzuwarten, drückte Kurt ab. Der Schuss durchbrach die nächtliche Stille, und der Mann brach zusammen, seine Bewegungen erstarben. Kurt starrte auf den reglosen Körper und fühlte ein merkwürdiges Gefühl der Leere, das ihn für einen Moment überkam. Doch dann rief ihm Harald zu, den Körper zu bergen, und Kurt schob das Gefühl beiseite. Mit entschlossenem Blick trat er an den Toten heran, hob ihn vorsichtig an und trug ihn zurück in das sichere Gebiet der DDR.

In dieser Nacht dachte Kurt lange über den Vorfall nach. In ihm kämpften widersprüchliche Gefühle – Stolz auf seine Aufgabe, das Land vor Verrätern zu schützen, und gleichzeitig eine leise, unwillkommene Frage: Hatte dieser Mann wirklich den Tod verdient? Doch er verdrängte den Gedanken schnell und entschied, dass Zweifel nichts als Schwäche waren. Wer die DDR verließ, verriet nicht nur das Land, sondern auch die Ideale, an die Kurt glaubte. Der Flüchtling war ein Feind gewesen, und es war seine Pflicht gewesen, ihn zu stoppen.

Die Ehe mit Birgit

Während Kurt sich in seine neue Rolle als Grenzschützer vertiefte, veränderte sich auch sein Leben mit Birgit. Ihre Ehe war ruhig und unspektakulär, doch genau das war es, was Kurt wollte. Birgit war eine gute Hausfrau, die den Haushalt pflegte und sich nicht in seine Arbeit einmischte. Sie stellte keine Fragen und akzeptierte, dass Kurt oft lange Schichten arbeitete und selten zu Hause war. Ihre Beziehung war geprägt von einer distanzierten Vertrautheit – sie respektierten einander, aber es gab keine großen Gefühle oder Leidenschaft.

Für Kurt war dies die ideale Situation. Er brauchte keine emotionalen Bindungen, die ihn von seiner Pflicht ablenkten, und in Birgit fand er eine Frau, die seine Werte teilte, ohne ihn herauszufordern. Sie war eine stille Stütze, die ihm den Freiraum gab, sich ganz auf seine Arbeit zu konzentrieren. Wenn er nach Hause kam, sprach er kaum über den Grenzdienst, und Birgit fragte nicht nach. Ihre Welt blieb getrennt von der seinen, und das war ihm recht.

Birgit selbst schien mit dieser Art von Beziehung zufrieden zu sein. Sie war keine Frau, die große Ansprüche stellte oder sich nach mehr sehnte. Sie schien das Leben in der DDR und die Ordnung, die es bot, zu schätzen, und auch sie war fest in der Ideologie des Staates verwurzelt. Für Kurt war dies ein weiterer Beweis dafür, dass sie die richtige Wahl gewesen war – eine Frau, die nicht vom Westen verführt wurde und keine Zweifel an der Richtigkeit des Systems hegte.

Der Drang, mehr zu leisten

Mit jedem Tag, den er im Grenzdienst verbrachte, wuchs in Kurt der Wunsch, mehr zu tun, um die DDR zu schützen. Der Vorfall mit dem Flüchtigen hatte ihn nicht abgeschreckt, sondern in ihm ein Gefühl der Macht geweckt – die Macht, das Land und seine Werte zu verteidigen und die Kontrolle über das Schicksal anderer zu haben. Er begann, sich freiwillig für zusätzliche Schichten zu melden und übernahm auch Aufgaben, die andere Kollegen mieden. Die Grenze war für ihn der Ort, an dem er seinen Dienst an der DDR am direktesten leisten konnte, und er wollte nichts unversucht lassen, um diesem Dienst gerecht zu werden.

Seine Kollegen sahen ihn mit gemischten Gefühlen. Einige bewunderten seine Hingabe, doch andere hielten ihn für übertrieben ehrgeizig und distanziert. Kurt störte sich nicht daran – für ihn zählten nur die Ideale des Sozialismus und die Pflicht, die er als Grenzschützer zu erfüllen hatte. Er war bereit, alles zu tun, um die Sicherheit der DDR zu gewährleisten, und betrachtete seine Arbeit als seine wahre Bestimmung.

In stillen Momenten erinnerte er sich an Eva und an die Zweifel, die sie einst geäußert hatte. Doch diese Gedanken weckten in ihm keine Reue oder Sehnsucht mehr. Sie waren ein Teil seines Lebens, den er zurückgelassen hatte. Die Härte, die sein Leben nun bestimmte, ließ keinen Raum für Zweifel oder Emotionen. Kurt hatte sich von seiner Vergangenheit gelöst und war vollständig in seine Rolle als Grenzschützer eingetaucht.

Die eiserne Pflicht

Mit der Zeit wurde Kurt zu einem der zuverlässigsten Grenzschützer in seiner Einheit.

Seine Vorgesetzten schätzten seine Strenge und seine unerschütterliche Loyalität. Er war bekannt für seine Bereitschaft, jederzeit einzuspringen, und für seine Entschlossenheit, die DDR gegen jede Bedrohung zu verteidigen. Für Kurt war die Grenze der Ort, an dem er sich selbst und seinen Glauben täglich beweisen konnte.

Seine Überzeugung, dass jeder, der die DDR verlassen wollte, ein Verräter war, wurde zu einer unerschütterlichen Wahrheit für ihn. Jeder, der in den Todesstreifen eindrang, war ein Feind, und er verspürte keinen Zweifel mehr an der Notwendigkeit seiner Aufgabe. Für ihn war es die höchste Form des Patriotismus, das eigene Leben dem Staat zu widmen und dafür zu sorgen, dass die Grenzen sicher blieben.

Die Jahre vergingen, und Kurt wurde älter, doch seine Hingabe an den Staat blieb unverändert. Er hatte seine emotionalen Bindungen geopfert und sich ganz dem Schutz der DDR verschrieben. Die Grenze war sein Leben geworden, und er war bereit, jeden Preis zu zahlen, um dieses Leben zu verteidigen.

Kapitel 7: Der erste tödliche Schuss

Es war ein kühler Herbstmorgen, als Kurt zum ersten Mal einen Menschen tötete. Der Vorfall ereignete sich in den frühen Morgenstunden, als der Nebel schwer und undurchdringlich über den Grenzanlagen lag. Die Sicht war eingeschränkt, und die Dunkelheit schien die Welt zu verschlucken. Kurt und sein Kollege Harald patrouillierten den Abschnitt, als plötzlich ein Alarm schrillte. Ein Signal auf ihrem Gerät zeigte eine Bewegung im Todesstreifen an – ein Mensch hatte die Absperrungen überwunden und versuchte nun, die letzte Hürde zu überqueren. Kurt war sofort hellwach. Seine Hand legte sich fest um das Gewehr, sein Herzschlag beschleunigte sich, und sein Blick verengte sich, als er den Grenzbereich absuchte. Diese Momente waren es, für die er lebte, für die er sich jahrelang vorbereitet hatte. Der Schutz der Grenze, das Aufspüren und Stoppen von Flüchtlingen – das war seine Aufgabe, seine Mission. Er wusste, dass es nun an ihm lag, diesen Flüchtling aufzuhalten.
Gemeinsam mit Harald pirschte er sich vorsichtig an die Stelle, an der die Bewegung gemeldet worden war. Der Flüchtling war nur schemenhaft im Nebel zu erkennen – eine schlanke, hastig voranschreitende Gestalt, die sich hektisch umblickte, als wolle sie sich vergewissern, dass sie noch nicht entdeckt worden war. Doch Kurt hatte ihn längst im Visier. Er zielte mit ruhiger Hand, der Finger am Abzug, bereit, im entscheidenden Moment zu schießen.

Der Moment des Schusses

Kurt rief dem Mann zu, stehen zu bleiben. Seine Stimme hallte durch den Nebel, klang hart und unnachgiebig. Doch der Flüchtling schien seine Warnung entweder nicht zu hören oder ignorierte sie bewusst. Er beschleunigte seinen Schritt, stolperte über den unebenen Boden und schien fest entschlossen, der DDR zu entkommen. In diesem Moment drückte Kurt ab. Ein einzelner Schuss hallte durch die kalte Morgenluft, gefolgt von einer Stille, die schwerer war als die Dunkelheit um sie herum.

Der Flüchtling sackte zusammen und fiel auf den Boden, reglos, sein Leben erloschen. Kurt spürte einen seltsamen Mix aus Erleichterung und Leere. Es war geschehen, und doch hatte er keine Zeit, lange darüber nachzudenken. Sein Auftrag war klar: Den Leichnam bergen und dafür sorgen, dass der Vorfall schnell und effizient bearbeitet wurde. Harald nickte ihm zu, eine wortlose Anerkennung seines Einsatzes und seiner Entschlossenheit. Gemeinsam traten sie an den leblosen Körper heran.

Kurt kniete sich neben den Toten und musterte ihn einen Moment lang. Der Mann war jung, vielleicht gerade Anfang zwanzig, mit einem abgemagerten Gesicht und Augen, die nun ins Leere starrten. Für einen kurzen Moment verspürte Kurt einen Hauch von Bedauern – ein Gefühl, das er schnell beiseiteschob. Er erinnerte sich an die Worte seiner Ausbilder: „Jeder, der die Grenze übertritt, ist ein Verräter." Dies war kein unschuldiger Mann, sondern ein Feind des

Staates, ein Feind des Sozialismus und der Werte, für die Kurt lebte.

Die Rückkehr zum Stützpunkt

Zurück am Stützpunkt meldete Kurt den Vorfall seinen Vorgesetzten. Der Bericht war nüchtern und detailliert, ohne persönliche Eindrücke oder Emotionen. Kurt beschrieb den Ablauf präzise, wie es von ihm erwartet wurde. Die Worte waren knapp, sachlich, und sein Gesicht zeigte keine Regung, als er die Details wiedergab. Der Offizier nickte ihm anerkennend zu und bestätigte, dass er korrekt gehandelt hatte. Kein Zweifel, kein Tadel – der Vorfall war abgeschlossen, und Kurt spürte eine kühle Genugtuung.

Nach der Meldung kehrte Kurt in seine Baracke zurück und setzte sich auf sein Bett. Für einen Moment war er allein mit seinen Gedanken. Der Anblick des Toten, die Kälte seiner Haut, die erstarrten Augen – all dies spielte sich in seinem Kopf ab wie eine Filmsequenz, die er nicht stoppen konnte. Doch er wusste, dass es keinen Raum für Zweifel oder Reue gab. Der Mann war ein Feind gewesen, und seine Aufgabe war es gewesen, ihn aufzuhalten.

Dennoch schlich sich ein Gedanke in seinen Geist, ein leises Flüstern, das er nur schwer verdrängen konnte. Was hatte den Flüchtling dazu getrieben, sein Leben zu riskieren? Welcher Gedanke, welche Sehnsucht war so stark, dass er alles dafür opferte? Kurt schob diese Fragen schnell beiseite. Für ihn war es undenkbar, dass jemand die DDR verlassen wollte. Der Staat bot

Sicherheit, Gemeinschaft und Werte, die den Kapitalismus weit übertrafen. Wer das nicht erkannte, war entweder verblendet oder ein Verräter.

Rechtfertigung und Überzeugung

Um seine Gedanken zu beruhigen, begann Kurt, sich die Bedeutung seiner Tat immer wieder ins Gedächtnis zu rufen. „Wer nicht für den Sozialismus kämpft, kämpft gegen ihn," sprach er leise zu sich selbst, als wolle er diese Worte in sein Herz brennen. Er wiederholte die Parolen der Partei, die ihm seit seiner Kindheit beigebracht worden waren. Der Sozialismus war das einzig Wahre, das einzig Gerechte – ein System, das das Wohl der Gemeinschaft über das des Einzelnen stellte.

Kurt war überzeugt, dass seine Handlungen notwendig waren, um den Staat zu schützen. Die Grenze war nicht einfach nur ein Sicherheitszaun, sondern das Symbol der Überlegenheit der sozialistischen Ideale. Der Gedanke, dass jeder, der diesen Schutzwall übertrat, die Gemeinschaft bedrohte, verlieh ihm ein unerschütterliches Selbstvertrauen. Er würde jeden bekämpfen, der die Stabilität der DDR gefährdete, und er würde keine Gnade zeigen, denn in seinen Augen gab es keine Rechtfertigung für den Verrat.

Die Wochen nach dem Vorfall gingen ihren gewohnten Gang. Kurt sprach mit niemandem über den Vorfall und behandelte ihn wie eine normale Dienstaufgabe. Er hatte keinen Grund, seine Handlungen zu hinterfragen, denn sie entsprachen genau den Regeln, die ihm vorgegeben worden waren. Wenn er nachts wach lag, kamen die Bilder jedoch manchmal zurück – das Gesicht des Flüchtlings, die verkrampften Finger, die ihn ins Leere starrenden Augen. Doch er unterdrückte diese Erinnerungen mit der Härte, die er sich in all den Jahren antrainiert hatte.

Der Stolz der Einheit

Seine Kollegen bewunderten ihn für seine Entschlossenheit und Disziplin. Der Vorfall sprach sich schnell herum, und Kurt erhielt anerkennende Blicke und stumme Respektbekundungen von den anderen Grenzschützern. Es war klar, dass er sich als fähiger und zuverlässiger Soldat erwiesen hatte, einer, der seine Aufgabe ohne Zögern erfüllte. Für viele von ihnen war Kurt ein Vorbild, jemand, der sich der Aufgabe vollkommen hingab und bereit war, alles zu tun, um den Staat zu verteidigen. Sein Ruf innerhalb der Einheit stieg, und er wurde zu einer Art Anlaufstelle für andere Grenzschützer, die sich Rat und Ermutigung von ihm holten. Er schien eine natürliche Autorität auszustrahlen, die ihn von den anderen abhob. Kurt verspürte Genugtuung und Stolz über die Anerkennung, doch er ließ sich nichts davon anmerken. Sein Gesicht blieb stets unbewegt, seine Worte knapp und sachlich. Er wollte keine Heldentaten feiern; für ihn war dies einfach der Dienst, dem er sich verschrieben hatte.

Eine verstärkte Wachsamkeit

Nach dem Vorfall wurde Kurt noch wachsamer und sorgfältiger. Er nutzte jede freie Minute, um die Grenzanlagen zu inspizieren, stellte sicher, dass alle Geräte funktionierten und überprüfte die Wachpläne der anderen Grenzschützer. Er wollte keine Fehler zulassen, keine Nachlässigkeiten, die jemandem die Möglichkeit geben könnten, die Grenze zu durchbrechen. Seine Hingabe an die Aufgabe wurde fast obsessiv, und er begann, seine ganze Identität in die Rolle des Grenzschützers zu legen.

Birgit, seine Frau, bemerkte die Veränderungen an ihm, doch sie stellte keine Fragen. Sie schien die Kälte und Entschlossenheit in seinem Blick zu akzeptieren und gab ihm den Raum, den er brauchte. Ihre Ehe blieb distanziert, doch dies passte für beide. Birgit schien zufrieden mit dem Leben, das sie führten, und Kurt hatte in ihr die perfekte Partnerin gefunden – jemanden, der ihn nicht in Frage stellte oder mit Emotionen belästigte.

Die Entschlossenheit, alles zu geben

Mit jedem Tag, den Kurt im Dienst verbrachte, wurde seine Entschlossenheit stärker, die DDR gegen alle Bedrohungen zu verteidigen. Er spürte, dass sein Leben nur einen Sinn hatte, wenn er alles für den Staat gab, ohne Rücksicht auf eigene Wünsche oder Zweifel. Für ihn war die DDR das höchste Gut, der Staat, der ihm eine Heimat, Sicherheit und Sinn gab. Er war bereit, jeden Preis zu zahlen, um diese Werte zu bewahren.

Die Erinnerungen an Eva und seine früheren Zweifel verblassten immer mehr. Er hatte keinen Platz für solche Gedanken, keine Zeit für persönliche Schwäche. Er war ein Grenzschützer, ein Soldat des Sozialismus, und sein Weg war klar. Wer die Grenze übertreten wollte, der stellte sich gegen alles, was er liebte und verteidigte. Kurt war bereit, weiter zu kämpfen, ohne Fragen, ohne Zögern, und sich ganz und gar in den Dienst des Staates zu stellen.

Kapitel 8: Die Besessenheit des Schutzes

Mit jedem Tag, den Kurt im Dienst als Grenzschützer verbrachte, wuchs in ihm ein tiefes, fast fanatisches Bedürfnis, die DDR um jeden Preis zu verteidigen. Er sah die Grenze längst nicht mehr nur als eine einfache Linie zwischen zwei Staaten, sondern als den Wall, der die Werte und Errungenschaften des Sozialismus vor den Einflüssen des Kapitalismus schützte. Für ihn war dieser Dienst ein heiliger Schwur, und er begann, seine Pflicht als Grenzschützer mit einer Besessenheit auszuführen, die andere in der Einheit bemerkten, aber nicht hinterfragten.

Kurt lebte mittlerweile nahezu ausschließlich für seine Arbeit. Er meldete sich freiwillig für Überstunden und Zusatzschichten und scheute keine Anstrengung, um die Grenzanlagen stets in einwandfreiem Zustand zu halten. Er kontrollierte nicht nur seine eigene Ausrüstung, sondern inspizierte auch regelmäßig die Geräte und Waffen seiner Kollegen. Jeder Wachturm, jeder Zaunabschnitt und jede Minenreihe musste perfekt sein – jede Nachlässigkeit war für ihn eine potenzielle Bedrohung, ein Einfallstor für den Feind.

Mit der Zeit entwickelte er ein wachsames Misstrauen, das sich nicht nur auf die Flüchtenden, sondern auch auf seine Kameraden übertrug. Er begann, in jedem Zögern und jeder Unachtsamkeit einen Hauch von Schwäche zu sehen, eine gefährliche Nachlässigkeit, die er nicht dulden konnte. Wer nicht genauso akribisch arbeitete wie er, wer auch nur den Anschein von

Nachlässigkeit zeigte, wurde von ihm zur Rede gestellt. Manche Kollegen respektierten ihn dafür, andere hingegen distanzierten sich, da Kurts Enthusiasmus oft in harsche Vorwürfe umschlug.

Die Isolation und das wachsende Misstrauen

Kurts Hingabe zu seinem Dienst führte dazu, dass er sich mehr und mehr von anderen isolierte. Selbst zu Hause mit Birgit sprach er kaum noch über etwas anderes als die Grenze. Birgit hörte ihm zu, aber sie reagierte selten mit großen Emotionen oder Fragen. Ihre ruhige, beinahe gleichgültige Art gab Kurt die Freiheit, sich vollständig in seine Rolle als Grenzschützer zu verlieren. Er spürte keine Bindung mehr zu ihr und empfand auch keine Sehnsucht nach Nähe oder Zärtlichkeit. Seine Ehe war längst zu einer formalisierten Partnerschaft geworden, die ihm die nötige Stabilität gab, um sich ganz seiner Mission zu widmen.

Je mehr Zeit Kurt an der Grenze verbrachte, desto mehr empfand er das Leben außerhalb dieser Barriere als belanglos und unbedeutend. Die Welt jenseits der Grenze war für ihn eine Bedrohung, ein Ort der Dekadenz und Schwäche, der die Ideale der DDR gefährdete. Er begann, die Menschen, die in die Bundesrepublik flohen, als Verräter und Schwächlinge zu betrachten, die nicht die Stärke und den Glauben besaßen, die DDR zu ertragen und zu unterstützen.

Für Kurt war jeder Flüchtende ein Verräter, ein Zeichen von Schwäche und mangelnder

Loyalität. Die bloße Vorstellung, dass jemand seine Heimat verraten und die Gemeinschaft im Stich lassen wollte, empörte ihn zutiefst. Er betrachtete sich als den letzten Verteidiger einer bedrohten Festung, und dieser Gedanke erfüllte ihn mit Stolz und dem unbändigen Drang, noch wachsamer zu sein.

Die wachsende Dunkelheit und die Härte

In den Nächten, wenn Kurt in seiner Baracke lag und den Wind über die Grenze heulen hörte, spürte er eine düstere Zufriedenheit. Die Dunkelheit und die Kälte schienen ihm angemessen für seine Aufgabe, die ein ständiges Opfer und eine unermüdliche Wachsamkeit erforderte. Er hatte sich vollständig von allen persönlichen Bindungen gelöst und fühlte keine Sehnsucht mehr nach einem Leben außerhalb des Grenzdienstes. Die Grenze war seine Welt geworden, und das Land jenseits davon war für ihn nicht mehr als ein Feind, der besiegt werden musste.

Seine Kameraden bemerkten die Veränderung, doch sie sprachen ihn selten darauf an. Kurt war bekannt für seine Strenge und seine Härte, und viele von ihnen schätzten seine Entschlossenheit. Doch auch die Gerüchte wuchsen – einige meinten, er sei zu fanatisch, zu kompromisslos, und manchmal hörte er sogar Flüstern darüber, dass er sich selbst als eine Art Beschützer der DDR sah, der sich über die Regeln der anderen stellte. Kurt ignorierte die Gerüchte und widmete sich mit noch größerer Intensität seinem Dienst. Jede freie

Minute verbrachte er damit, die Grenzanlagen zu überprüfen, die Waffen zu reinigen und die Alarmanlagen zu warten. Er ließ sich durch nichts und niemanden ablenken. Für ihn zählte nur die DDR und der Schutz der Grenze, und er war bereit, jeden zu opfern, der sich zwischen ihn und diese Mission stellte.

Die Vorfälle häufen sich

Mit der Zeit häuften sich die Zwischenfälle an der Grenze. Immer mehr Menschen versuchten, die DDR zu verlassen, und Kurt sah dies als eine wachsende Bedrohung. In seinen Augen waren diese Fluchten ein Zeichen für den Einfluss des kapitalistischen Westens, der versuchte, das sozialistische System zu untergraben. Er verspürte eine Wut und eine Entschlossenheit, die ihn dazu trieb, härter und kompromissloser gegen die Flüchtenden vorzugehen.

Ein Vorfall, der ihn besonders erschütterte, ereignete sich an einem regnerischen Herbstabend. Ein junges Paar versuchte, die Grenze zu überqueren, doch sie wurden von den Bewegungsmeldern erfasst und von den Wachhunden gestellt. Kurt und ein Kollege eilten zum Ort des Geschehens und fanden die beiden, ein Mann und eine Frau, die sich eng aneinander klammerten und zitternd im Matsch saßen. Der Mann flehte um Gnade, die Frau weinte und bat darum, sie gehen zu lassen.

Kurt betrachtete die beiden ohne Mitgefühl. In seinen Augen waren sie Verräter, die das Land und die Gemeinschaft im Stich lassen wollten. Er hörte ihre Bitten, doch für ihn waren es nichts als leere Worte. Ohne ein Zögern führte er die beiden in Handschellen ab, brachte sie zum Stützpunkt und verfasste den Bericht mit kühler Präzision. Diese Menschen hatten ihr Schicksal gewählt, und für ihn war klar, dass sie keine Gnade verdienten.

Das wachsende Bedürfnis nach Kontrolle

Dieser Vorfall verstärkte in Kurt das Bedürfnis, die Kontrolle zu behalten und die Grenze noch strenger zu überwachen. Er begann, immer neue Vorschläge zu machen, wie man die Überwachungssysteme verbessern und die Fluchten verhindern könnte. Er sprach sich für zusätzliche Wachtürme, stärkere Selbstschussanlagen und erweiterte Minenfelder aus. Für ihn war keine Maßnahme zu extrem, wenn es darum ging, die DDR zu schützen. Seine Vorgesetzten schätzten seinen Eifer und seine Vorschläge, doch auch sie bemerkten die Härte und die Intensität, die Kurt ausstrahlte. Manchmal wirkten seine Ideen sogar auf die erfahrensten Offiziere übertrieben, und es gab Stimmen, die ihn für zu radikal hielten. Doch Kurt ließ sich von diesen Zweifeln nicht beirren. Für ihn war seine Aufgabe klar, und er würde alles tun, um die Grenzen der DDR zu verteidigen – koste es, was es wolle.

In den stillen Nächten dachte er oft an die Flüchtlinge, die er aufgehalten hatte, und an diejenigen, die es möglicherweise geschafft hatten, die DDR zu verlassen. Er fühlte eine tiefe

Verachtung für sie, eine Abscheu, die ihn fast zornig machte. Diese Menschen hatten sein Land verraten, hatten ihre Gemeinschaft im Stich gelassen, und für ihn waren sie nichts als Feinde. Der Gedanke, dass sie nun im Westen lebten, im kapitalistischen System, das er verachtete, erfüllte ihn mit einer dunklen Befriedigung, dass sie die Stärke der DDR niemals erleben würden.

Die Grenze als heilige Pflicht

Mit der Zeit begann Kurt, die Grenze als seine persönliche Berufung zu betrachten. Er fühlte sich wie ein Wächter, ein Soldat, der eine heilige Pflicht erfüllte. Für ihn war die Grenze das Symbol für die Ideale und die Stärke der DDR, und er war fest entschlossen, diese Ideale mit seinem Leben zu verteidigen. Die Arbeit an der Grenze wurde für ihn zu einer Art spiritueller Pflicht, die er mit unerbittlicher Hingabe ausübte.
In dieser unnachgiebigen Loyalität lag jedoch auch eine zunehmende Einsamkeit. Kurt war sich dessen bewusst, dass er sich von anderen Menschen entfremdet hatte, dass er nur noch für die DDR und den Schutz der Grenze lebte. Doch für ihn war dies kein Verlust, sondern eine Notwendigkeit. Sein Leben hatte nur dann einen Sinn, wenn er die DDR vor Verrätern und Feinden schützte, und er war bereit, alles dafür zu opfern. Birgit, seine Frau, bemerkte die Veränderungen, doch sie stellte keine Fragen. Ihre Ehe war zu einem stummen Bündnis geworden, das keine Fragen und keine Gefühle mehr beinhaltete. Kurt schätzte diese Stille, denn sie ermöglichte ihm,

sich ganz und gar seiner Mission zu widmen. Er hatte keinen Platz für persönliche Bindungen, keine Zeit für Emotionen oder Zweifel.

Die Verhärtung der Seele

Kurt wurde zu einem unbarmherzigen Wächter der DDR, zu einem Mann, der die Grenze als seine heilige Pflicht betrachtete und keinerlei Nachsicht kannte. Sein Herz hatte sich verhärtet, seine Seele war von der Ideologie des Staates durchdrungen, und er lebte nur noch für den Schutz des Landes. In seinen Augen waren diejenigen, die die DDR verlassen wollten, Feinde, die bekämpft werden mussten, und er verspürte keine Skrupel, sie daran zu hindern.

Mit jedem Tag, den er im Dienst verbrachte, wurde Kurt zu einem Symbol der Entschlossenheit und Härte. Er war bereit, alles zu tun, um die DDR zu verteidigen, und er würde keine Gnade zeigen.

Kapitel 9: Der Abgrund der Pflicht

Mit jedem weiteren Tag, den Kurt an der Grenze verbrachte, fühlte er, wie sich sein Leben auf eine einzige, unerschütterliche Mission verdichtete. Die Grenze war sein Leben, und sein Leben war die Grenze. Er konnte sich keine andere Existenz vorstellen und spürte, dass alles, was außerhalb dieser Patrouillen und Kontrollen lag, zunehmend an Bedeutung verlor. Sein gesamtes Weltbild, seine Überzeugungen und sein Handeln kreisten nur noch um die Sicherung der DDR-Grenze.
Die Einsamkeit, die damit einherging, spürte er als ständigen Begleiter. Selbst in den wenigen freien Stunden, die er mit Birgit verbrachte, war sein Kopf bei der Grenze, bei den Sicherheitsprotokollen, den Patrouillen und der potenziellen Gefahr durch Flüchtlinge. Birgit bemerkte die Kälte, die sich in seiner Art festgesetzt hatte, doch sie akzeptierte es stumm. Sie hatte längst aufgehört, Fragen zu stellen oder Interesse an seinem Inneren zu zeigen. Kurt wusste es zu schätzen, dass sie ihm so viel Freiraum ließ, doch die Distanz zwischen ihnen war unverkennbar.

Der Weg in die Paranoia

Mit der Zeit begann Kurt, in seinem Dienst zunehmend paranoid zu werden. Jeder Vogel, der sich in die Nähe des Zauns wagte, jedes Rascheln im Gebüsch und jede kleinste Bewegung auf den Überwachungskameras ließ ihn aufhorchen. Er begann, zusätzliche Patrouillen einzufordern und schlug sogar vor, die Grenzanlagen weiter auszubauen. Für ihn schien jeder, der sich in die Nähe der Grenze wagte, eine Bedrohung zu sein. Die Grenze war nicht nur eine Linie, die es zu schützen galt – sie war die Frontlinie seines inneren Kampfes.

Sein Misstrauen reichte sogar so weit, dass er begann, die Motive seiner Kameraden infrage zu stellen. Er beobachtete ihre Bewegungen, ihre Blicke, jede Abweichung von der strikten Disziplin. Ein Grenzschützer, der aus seiner Sicht zu lange zögerte, bevor er den Sicherheitsbereich betrat, löste in Kurt sofort Verdacht aus. Was, wenn dieser Mann Sympathien für die Flüchtlinge hatte? Was, wenn er bewusst weniger aufmerksam war und so eine Flucht begünstigte? Die anderen Grenzschützer bemerkten Kurts zunehmende Strenge und den Argwohn, mit dem er sie musterte. Einige schätzten seine Hingabe und die Kontrolle, die er über seine Umgebung ausübte. Doch andere begannen, ihm aus dem Weg zu gehen, da er kaum noch mit ihnen sprach und nur die nötigen Befehle erteilte. Kurts Autorität war unumstritten, doch er führte ein einsames Regiment, das nur von seiner eigenen, unnachgiebigen Loyalität zum Staat bestimmt wurde.

Der Vorfall mit einem Grenzkollegen

Eines Abends, während einer Nachtschicht, beobachtete Kurt seinen Kollegen Joachim, der einen unerwarteten Kontrollgang im Grenzbereich unternahm. Joachim hatte sich nicht bei ihm gemeldet und schien den üblichen Weg zu meiden, als wolle er etwas verbergen. Kurt beobachtete ihn von einem Wachturm aus, spürte eine wachsende Beklemmung und konnte sich nicht erklären, warum Joachim plötzlich eine andere Route eingeschlagen hatte.

Kurt entschied, Joachim zur Rede zu stellen. Als er ihn erreichte, sprach er ihn mit eisiger Stimme an. „Was hast du hier zu suchen, und warum meldest du dich nicht?" fragte er, ohne die Befürchtungen zu verbergen, die in ihm aufstiegen. Joachim, ein Mann mit ruhiger und zurückhaltender Art, wirkte überrascht und entgegnete, er habe nur eine neue Route überprüfen wollen, um eine potenzielle Sicherheitslücke zu analysieren. Doch Kurt ließ nicht locker. Er verhörte Joachim in einem Ton, der ihm unter normalen Umständen als völlig überzogen erschienen wäre. Für ihn jedoch war jede kleinste Abweichung inzwischen ein Zeichen des Misstrauens.

Joachim versuchte, die Situation zu beruhigen, doch Kurt spürte, dass seine Anspannung nur wuchs. Jeder Schatten, jede Unklarheit, die Joachim in seiner Erklärung ließ, verstärkte in ihm die Überzeugung, dass sein Kollege vielleicht nicht ganz auf der „richtigen Seite" stand. Schließlich entließ er Joachim mit einem starren Blick und einem letzten, harten Wort der Warnung. Doch innerlich begann Kurt zu zweifeln, ob die Männer um ihn herum tatsächlich die gleiche unerschütterliche Loyalität zum Staat besaßen, wie er es tat.

Die Entfremdung von der Realität

Mit der Zeit fühlte sich Kurt zunehmend isoliert und entfremdet. Die Grenze war längst mehr als ein Arbeitsplatz; sie war für ihn zur einzigen Realität geworden. Die Regeln und Vorschriften, die er so pedantisch befolgte, waren zu einer Art Gebet geworden, das ihn von der Unsicherheit des Lebens jenseits der Grenze trennte. Der Gedanke, dass es eine Welt außerhalb dieser strikten Ordnung gab, erschien ihm immer absurder. Jeder, der in die Nähe des Grenzzauns kam, wurde von ihm genauestens beobachtet. Er begann, jedes Lächeln, jede zögernde Bewegung, jeden Blick seiner Kollegen zu analysieren, auf der Suche nach Anzeichen von Schwäche oder Sympathie für den Westen. Seine Misstrauen spitzte sich zu einem unkontrollierbaren Drang zu, jede mögliche Bedrohung sofort zu eliminieren, egal, ob sie tatsächlich existierte oder nur in seinem Kopf. Seine Abende, die er früher manchmal mit Birgit verbracht hatte, waren nun in stiller Einsamkeit gefangen. Birgit bemerkte die Kälte und Distanz in ihm, doch sie stellte keine Fragen und respektierte seinen Rückzug. Kurt schätzte dies, doch tief in ihm nagte das Gefühl, dass auch sie die Bedeutung seines Dienstes nicht wirklich verstand. Auch sie lebte nur in einer Art stiller Routine, ohne die gleiche Überzeugung und Wachsamkeit, die für ihn so selbstverständlich geworden waren.

Die innere Verhärtung

Kurt war inzwischen zu einem Mann geworden, der jeden Gedanken an ein Leben jenseits der Grenze als irrelevant ansah. Er wusste, dass seine Aufgabe es war, den Sozialismus und die Werte der DDR zu verteidigen, koste es, was es wolle. Für ihn war jede Abweichung von dieser Mission ein Verrat, jede Schwäche eine Bedrohung für das große Ganze. Seine Seele hatte sich verhärtet, sein Blick wurde mit jedem Tag, den er an der Grenze verbrachte, kälter und distanzierter.

In Momenten der Ruhe, die selten und kurz waren, fragte er sich manchmal, ob er noch fähig war, Gefühle zu empfinden, die nichts mit Misstrauen oder Pflicht zu tun hatten. Doch er verdrängte diese Fragen, denn für ihn war der Gedanke an Menschlichkeit und Mitgefühl ein Relikt, das in der harten Realität seines Grenzdienstes keinen Platz mehr hatte. Die Welt bestand für ihn nur noch aus Feinden und Verrätern – und er war bereit, gegen sie alle anzutreten, um die DDR zu schützen.

Der Moment der Entscheidung

Eines Nachts wurde Kurt von einer Bewegung im Grenzbereich geweckt. Sein Instinkt ließ ihn sofort aufstehen und die Überwachungsmonitore überprüfen. Dort entdeckte er eine junge Frau, die sich vorsichtig dem Zaun näherte. Sie trug eine Tasche und schien nicht auf das Risiko zu achten, das sie einging. Kurt starrte auf das Bild und spürte eine Welle des Zorns und der Entschlossenheit in sich aufsteigen. Für ihn war diese Frau ein Feind, jemand, der das Land verraten wollte, jemand, der in seinen Augen den Tod verdiente.

Er nahm sein Gewehr und begab sich zum Grenzzaun, seine Schritte entschlossen und hart. Als er sie erreichte, richtete er seine Waffe auf sie und rief ihr zu, stehen zu bleiben. Doch sie schien ihn nicht zu hören, oder sie wollte nicht hören. Sie warf einen flüchtigen Blick über die Schulter, bevor sie wieder vorwärtsging, den Blick fest auf die andere Seite der Grenze gerichtet.

Kurt drückte ab, ohne zu zögern. Der Schuss hallte durch die Nacht, und die junge Frau sank zusammen. Für ihn war es ein weiterer Verräter, den er gestoppt hatte, ein weiteres Symbol der Schwäche und des Verrats, das er beseitigt hatte. Doch als er zu ihr trat und ihr lebloses Gesicht sah, verspürte er für einen kurzen Moment einen Hauch von Zweifel.

Dieser Augenblick des Zögerns erschreckte ihn mehr als alles andere. Es war, als hätte er für einen flüchtigen Moment das menschliche Gesicht hinter der Bedrohung gesehen. Doch schnell schüttelte er dieses Gefühl ab. Für ihn durfte es keine Gnade geben, keine Fragen, nur den festen Entschluss, die DDR zu verteidigen.

Die endgültige Verhärtung

Nach diesem Vorfall wurde Kurt noch unnachgiebiger. Die Grenze war für ihn zu einer Art heiliger Pflicht geworden, und er war bereit, alles zu opfern, was ihm noch im Wege stehen könnte. Seine Seele war verhärtet, sein Herz kalt, und er wusste, dass er von nun an keine Schwäche mehr zulassen würde.

Kapitel 10: Die Einsamkeit des Wächters

Die Jahre vergingen, und Kurt blieb seinem Dienst an der Grenze treu, während die DDR und die Welt um ihn herum Veränderungen durchmachten, die er jedoch kaum bemerkte. Für ihn gab es keine Zukunft außerhalb des Grenzdienstes. Die Grenze war sein Leben geworden, und seine Pflicht, das Land zu schützen, hatte ihn völlig vereinnahmt. Doch mit der Zeit begann etwas in ihm zu bröckeln. Die Einsamkeit, die Kälte und die Unnachgiebigkeit, die er sich antrainiert hatte, hinterließen Spuren. Seine Ehe mit Birgit war längst nur noch eine Formalität. Sie lebten wie zwei Fremde unter einem Dach, kaum ein Wort wurde gewechselt, und die Abende verbrachten sie in völliger Stille. Birgit akzeptierte sein distanziertes Wesen und stellte keine Fragen. Sie wusste, dass Kurt in seinem Dienst aufging und dass er keine Zeit und keinen Raum für eine emotionale Bindung hatte. Dennoch blieb sie an seiner Seite, eine stumme Zeugin seiner inneren Verhärtung und seines unaufhaltsamen Abdriftens in die Isolation. Manchmal, wenn er in seine leere Wohnung zurückkehrte, fragte sich Kurt, ob sein Leben jemals anders hätte verlaufen können. Doch diese Gedanken verscheuchte er schnell, da sie ihm sinnlos erschienen. Für ihn war der Schutz der Grenze, das unermüdliche Wachen über die Werte der DDR, das Einzige, was zählte. Er hatte seine Gefühle, seine Bindungen und sogar seine Menschlichkeit für dieses Ziel geopfert – und dennoch spürte er eine zunehmende Leere in sich.

Der Gedanke an Flucht

Eines Nachts, während einer Patrouille, sah Kurt ein junges Paar, das sich dem Grenzbereich näherte. Die beiden schienen verliebt, sie hielten sich an den Händen und flüsterten leise miteinander, als würden sie eine letzte Hoffnung teilen. Kurt richtete sein Gewehr auf sie und rief ihnen zu, stehen zu bleiben. Doch die beiden reagierten nicht, sie schienen in ihrer eigenen Welt versunken, und ihre Blicke richteten sich auf das, was jenseits der Grenze lag.

Ein unbeschreiblicher Zorn stieg in Kurt auf, als er die beiden beobachtete. Für ihn waren sie das Sinnbild für alles, was die DDR bedrohte – Menschen, die ihre Heimat im Stich ließen, die die Werte des Sozialismus verrieten. Doch in dem Moment, als er abdrücken wollte, zögerte er. Die Liebe und die Verbundenheit, die die beiden ausstrahlten, rührten etwas in ihm, das er längst für verloren gehalten hatte. Für einen kurzen Augenblick sah er in ihnen das Leben, das er selbst niemals hatte führen dürfen, eine Freiheit und Menschlichkeit, die ihm fremd geworden waren.

Dieser Gedanke erschreckte ihn zutiefst. Mit eisiger Entschlossenheit drückte er ab, und das junge Paar sank zu Boden, reglos. Doch der Vorfall ließ ihn nicht los. Er konnte die Bilder der beiden, die sich aneinander geklammert hatten, nicht aus dem Kopf verdrängen. Zum ersten Mal seit Jahren verspürte er ein Gefühl der Reue, eine leise Frage, ob seine Hingabe an den Staat wirklich all das wert gewesen war.

Die Zweifel an der Ideologie

Die Tage nach dem Vorfall waren von einer nie gekannten Unruhe geprägt. Kurt fühlte, dass seine Gewissheiten zu bröckeln begannen, dass die Überzeugungen, die ihn all die Jahre getragen hatten, plötzlich an Gewicht verloren. Er begann, sich selbst zu hinterfragen, und die Parolen, die ihm einst Halt gegeben hatten, klangen in seinen Ohren hohl. Die ständige Wache, die unnachgiebige Härte, das Opfer seines ganzen Lebens für die DDR – all das schien ihm plötzlich wie eine Lüge.

In den Nächten lag er wach und spürte, wie die Einsamkeit ihn erdrückte. Die Grenze, die einst sein ganzer Lebensinhalt gewesen war, erschien ihm nun wie ein Symbol seiner eigenen Gefangenschaft. Er hatte sein ganzes Leben darauf aufgebaut, andere davon abzuhalten, die DDR zu verlassen, und nun erkannte er, dass er selbst ein Gefangener dieser Grenze war. Die Verpflichtung, die er sich auferlegt hatte, war wie ein Ketten, die ihn an einen Ort banden, der ihm nun fremd und leer erschien.

Kurt suchte nach Antworten, doch er fand keine. Die Kameraden, die ihm einst Vorbild gewesen waren, waren für ihn zu seelenlosen Figuren geworden, die nur noch stumm ihre Pflichten erfüllten. Selbst Birgit, die ihn all die Jahre stumm unterstützt hatte, war für ihn nicht mehr als eine Schattenfigur. Sein Leben hatte jegliche Farbe und Bedeutung verloren, und er erkannte, dass er alles geopfert hatte, um eine Illusion zu wahren, die nun zerfiel.

Der Zusammenbruch

Mit jedem Tag, der verging, spürte Kurt, wie sich die Leere in ihm ausbreitete. Sein Gesicht war von Sorgenfalten durchzogen, und seine Augen verloren ihren scharfen Blick. Die Kollegen bemerkten seine Veränderung, doch sie schwiegen, als würden sie ahnen, dass in ihm ein Kampf tobte, den er allein ausfechten musste. Kurt konnte seine Zweifel nicht mehr ignorieren, und der Druck, der sich in ihm aufbaute, drohte ihn zu zerbrechen.

Eines Morgens, nach einer schlaflosen Nacht, betrat Kurt den Grenzbereich. Er stand am Wachturm und blickte auf die endlose Linie des Zauns, der sich durch die Landschaft zog. Der Nebel legte sich wie ein Schleier über das Land, und die Kälte biss in seine Haut. Doch diesmal fühlte er keine Entschlossenheit, keinen Stolz. Stattdessen spürte er nur eine überwältigende Müdigkeit, die ihn wie ein schwerer Mantel umhüllte.

In diesem Moment erkannte er, dass er sein ganzes Leben dem Staat und der Grenze geopfert hatte und dass nichts geblieben war. Die Überzeugungen, die ihn einst getragen hatten, waren zu Staub zerfallen, und er stand allein, ohne die Sicherheit, die ihm einst so viel bedeutet hatte. Der Staat, für den er alles geopfert hatte, schien ihm nun fremd und abweisend, ein Konstrukt, das ihn ausgenutzt und seine Menschlichkeit vernichtet hatte.

Der Abschied von der Grenze

In einer letzten verzweifelten Geste legte Kurt seine Waffe auf den Boden und trat einen Schritt zurück. Er wusste, dass dies das Ende war, dass er die Grenze, die er so lange verteidigt hatte, nie wieder betreten würde. Die Waffe, die ihn all die Jahre als Werkzeug des Staates begleitet hatte, schien ihm nun wie ein Symbol für das Leben, das er zurückließ.

Als er sich von der Grenze entfernte, fühlte er keine Erleichterung, nur eine schmerzhafte Leere. Er wusste, dass er in der DDR keinen Platz mehr hatte, dass er alles verloren hatte, was ihm einst Sinn gegeben hatte. Seine Überzeugungen, seine Beziehungen, sogar seine eigene Identität waren durch die Härte und Kälte, die er sich selbst auferlegt hatte, zerstört worden.

Kurt verließ den Grenzbereich, ohne zurückzublicken. Die Grenze, die ihn so lange gefesselt hatte, verschwand hinter ihm im Nebel, und er wusste, dass er nie wieder zurückkehren würde. Sein Leben in der DDR, sein Dienst und seine Hingabe waren nichts als eine leere Hülle gewesen, die nun zerbrochen vor ihm lag.

Die letzte Reise

Kurt kehrte nicht nach Hause zurück. Er wusste, dass es dort nichts mehr für ihn gab, dass seine Verbindung zu Birgit und zur DDR endgültig gebrochen war. Stattdessen wanderte er ziellos durch die Straßen und versuchte, eine Antwort auf die Fragen zu finden, die ihn verfolgten. Er suchte nach einem neuen Sinn, nach einem Funken von Menschlichkeit, doch alles, was er fand, war die Leere, die sein Leben erfüllt hatte. In einem abgelegenen Gasthaus fand Kurt schließlich einen Moment der Ruhe. Er setzte sich an einen Tisch, bestellte ein Glas Wasser und starrte in die Ferne. Die Gesichter der Menschen um ihn herum schienen ihm fremd und doch voller Leben, ein Leben, das ihm längst entschwunden war. In diesem Moment erkannte er, dass er sein eigenes Leben geopfert hatte, dass er alles verloren hatte, was ihn zu einem Menschen gemacht hatte.

Kurt blieb in dem Gasthaus sitzen, bis die Nacht hereinbrach. In der Dunkelheit fühlte er sich, als wäre er ein Geist, ein Schatten seiner selbst, verloren in einer Welt, die ihm nichts mehr zu bieten hatte. Seine Überzeugungen, seine Ideale und seine Identität waren verflogen, und er war nur noch ein Mann, der die Grenze bewacht hatte – und nun selbst die Grenze zu seiner eigenen Seele nicht mehr fand.